生きた

作家たちの心のふるさと

—その光りと影を追って—

加藤《かとう》　章三《しょうそう》 編

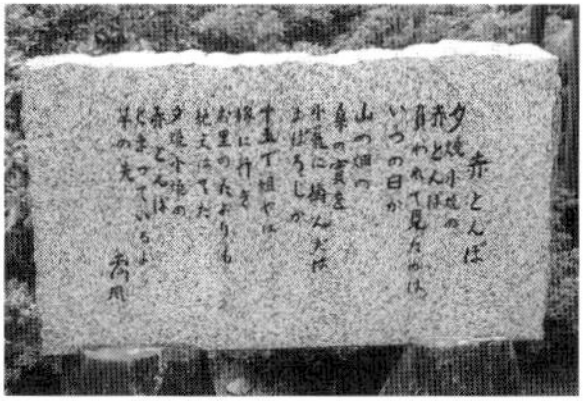

日本文教出版株式会社

岡山文庫・刊行のことば

岡山県は古く大和や北九州とともに、吉備の国として二千年の歴史をもち、遠くはるかな歴史の曙から、私たちの祖先の奮励とそして私たちの努力とによって、現在の強力な産業県へと飛躍的な発展を遂げております。

小社は創立十五周年にあたる昭和三十八年、このような歴史と発展をもつ古くして新しい岡山県のすべてを、〝岡山文庫〟（会員頒布）として逐次刊行する企画を樹て、翌三十九年から刊行を開始いたしました。

以来、県内各方面の学究、実践活動家の協力を得て、岡山県の自然と文化のあらゆる分野の、様々な主題と取り組んで刊行を進めております。

郷土生活の裡に営々と築かれた文化は、近年、急速な近代化の波をうけて変貌を余儀なくされていますが、このような時代であればこそ、私たちは郷土認識の確かな視座が必要なのだと思います。

岡山文庫は、各巻ではテーマ別、全巻を通すと、壮大な岡山県のすべてにわたる百科事典の構想をもち、その約50％を写真と図版にあてるよう留意し、岡山県の全体像を立体的にとらえる、ユニークな郷土事典をめざしています。

岡山県人のみならず、地方文化に興味をお寄せの方々の良き伴侶とならんことを請い願う次第です。

発刊に寄せて

公益財団法人 吉備路文学館 館長　遠藤堅三

吉備路文学館では、平成二十二年「第二十五回国民文化祭・おかやま」への参加事業として『吉備路をめぐる文学のふるさと』を発刊しました。それは吉備路（備前・備中・備後・美作）の文学碑を中心としてゆかりの地を訪ねる案内書です。加藤先生は共同執筆者のひとりとして参画、また長年当館の評議員として文学館発展のためにご尽力いただいております。

前出の書籍は、一般の方々がそれを手にしてゆかりの地を訪ねることが出来るように編集されております。そのうえ八十人もの文学者を紹介しているため、限られた文字数となり先生にとってはもっともっと書き留めておきたいというお心が痛いほどわかっておりました。

その思いを、今回上梓された『作家たちの心のふるさと』に記してあります。それは作家たちのふるさとへの思い、その光と影を追っています。先生の文学者たちへのやさしさと温かさを感じております。「現地に赴き文学碑の前に立つ時、それはただの文字を刻んだ冷たい石ではなく作者その人に遭っているような温もりを感じた」と述べておられてます。

先生は多くの文学活動をされておりますが、坪田譲治の「善太と三平の会」会長として長年活動され平成二十二年岡山文化連盟より「あっぱれ岡山地域文化賞」を受賞され、その功績は、広く認められております。

また、両著共に載っている写真は、全て先生ご自身が撮影されたものです。「伝えること―それが生き残った私の使命である」と本書にも記されています。今を生きるものとして今出来ることを今すること、それをやり続けておられる先生の生き様に頭を垂れるものの一人です。

本著は、紹介する文学者たちの心のふるさとへの光と影を追っておりますが、同時に先生の使命感を強く感じるものです。ひとりでも多くの方にお読みいただき、作家の方々や先生の思いを感じていただくことを願いつつ筆を置きます。

平成二十六年秋

もくじ

表紙／「善太と三平　牛追の図」金谷哲郎・作
扉／「赤とんぼ」の詩碑（岡山市横井小学校）

作家の生涯

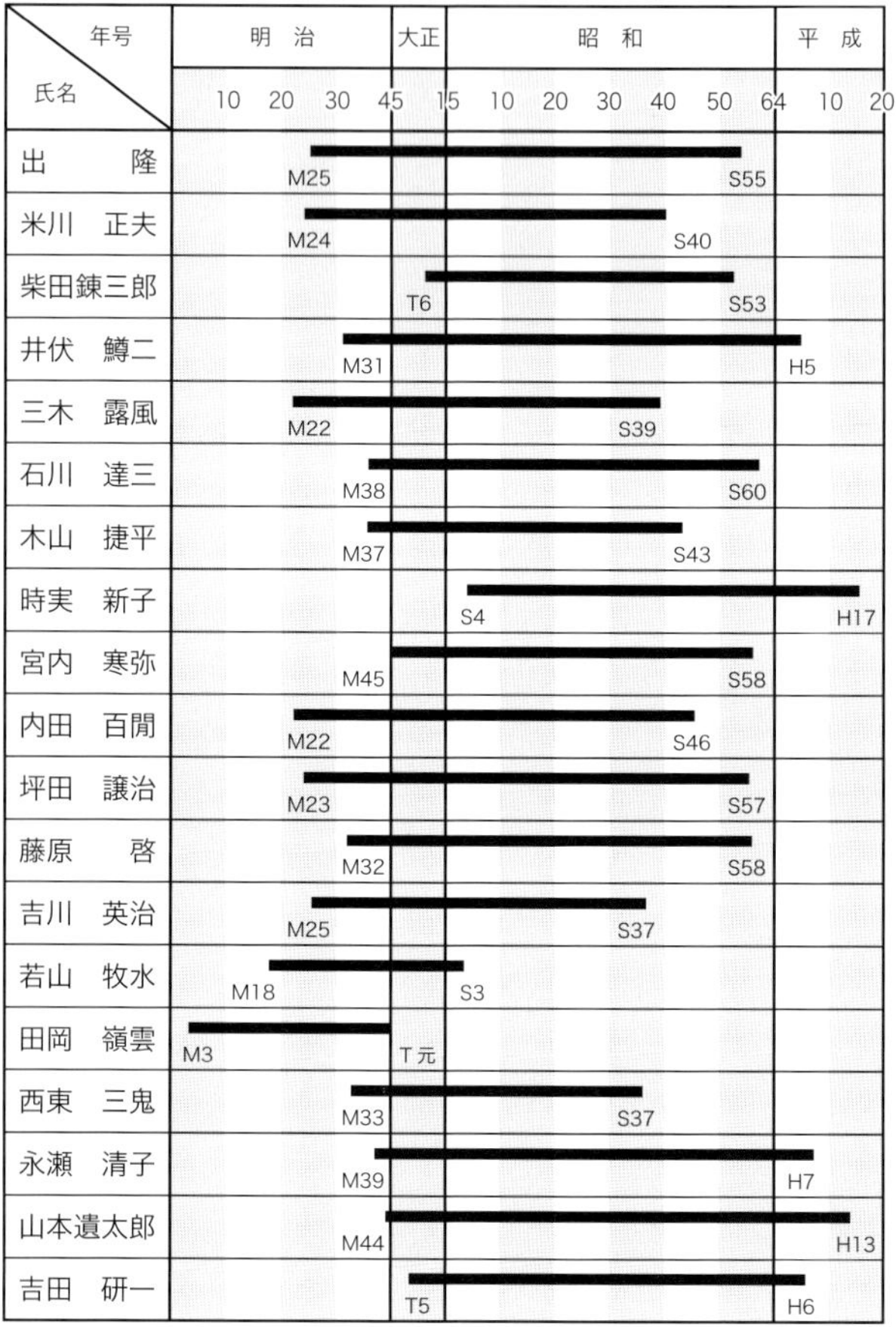
年号
氏名
明　治
大正
昭　和
平　成
10 20 30 45 15 10 20 30 40 50 64 10 20
出　　隆 M25 S55
米川　正夫 M24 S40
柴田錬三郎 T6 S53
井伏　鱒二 M31 H5
三木　露風 M22 S39
石川　達三 M38 S60
木山　捷平 M37 S43
時実　新子 S4 H17
宮内　寒弥 M45 S58
内田　百閒 M22 S46
坪田　譲治 M23 S57
藤原　　啓 M32 S58
吉川　英治 M25 S37
若山　牧水 M18 S3
田岡　嶺雲 M3 T元
西東　三鬼 M33 S37
永瀬　清子 M39 H7
山本遺太郎 M44 H13
吉田　研一 T5 H6

吉備路に生きた

作家たちの心のふるさと

―その光と影を追って―

序の章　同時代に生きた文士達に共通するもの

郷土が生んだ文学者のふるさとを訪ねて二年余。平成二十二年五月、やっと文学者八十人のゆかりの地を探り当てる事が出来た。仕事の合間を縫って現地に赴き文学碑の前に立つ時、それはただの文字を刻んだ冷たい石ではなく作者その人に遭っているような温もりを感じた。

今ここに『吉備路をめぐる文学のふるさと』（吉備路文学館発行・２０１０年）を執筆して心に残ったのは、文学碑の紹介には役に立ったが、文士それぞれの人生に十分ふれることができなかったことである。

その想いを、今回は観点を代えて書いて見たいと思う。

多くの文士達は、明治後半に生まれて大正・昭和前半の幼少年時代をふるさとで過ごした人が多い。そして、同時代に生きてきた共通体験の持ち主である。人は、それぞれに数奇な運命のもとで生きて来ている。その中でも特に根幹を流れているのはふるさとである。

このたびは、作家ひとりひとりの人生にスポットを当てながら「幼・少年期　ふるさと」「青・壮年期　旅・愛」「熟年期　夢」に分けて調べてみることにした。

戦争が風化しつつある現在、今や子供ばかりか親の世代も大正・昭和前期を知らない時代を迎えている。私も大正年代最後の生き残り、大正十五年一月の生まれである。

少年時代は、岡山県阿哲郡矢神村（現、新見市哲西町）の山村で、野山を遊び場として駆け巡っていた。昭和初期には多くの文士達と共通の思い出に生きた一人である。

今の人達にも吉備の国に生まれた先人達の生き様をしっかりと捕えてほしいのが私の願いである。

以上の想いに立って、それぞれに生きてきた文士達の人生行路を書き進めてみることにする。

青春躍動

第一の章　ふるさとを描く

子どもの情景

人はそれぞれに数奇な運命の星のもとで生まれて来ている。ふるさとへの想いも人によって違っている事もひしひしと胸に響いてくる。先ずは最初に、ふるさとについてとりあげてみる。

心遠きところ

私の生まれた岡山県阿哲郡矢神村（現、新見市哲西町）は、県の北西部に位置して西は東城町（現、庄原市）、北東部は神代村（現、新見市神郷町）に接している。中国山地に沿った細長い地形で、四面が山に囲まれた山里である。村の中央を西から東に向かって高梁川の源流である神代川が流れている。それに併行して国道一八二号線が走り、列車も三神線（新見〜小奴可間。現、芸備線、昭和五年開通）が一本、汽笛を鳴らして往来していた。

私は大正十五年一月生まれだから、昭和二十九年八月まで生活の根拠地は、矢神村であった。その頃、小学校は「西江」という集落の高台にあった。わが家から約一里（四キロ）の道を、毎朝カバンを肩に掛けワラ草履（二年生の頃からズック（運動靴））を履いて、雨の日も雪の日も一日も休まず元気で通学していた。その当時の主な乗り物は、汽車の他に自転車が唯一の交通機関であった。

子ども達の中には、学校から一番遠い「干子《ほしこ》」や「大茅《おおがや》」の六キロ〜八キロもある道程を、雪の降る寒い朝でも白い息を吐きながら「お早う」と、すれ違う村人や友達に声を交わしながら通学していた。

学校が退ける頃には、同じ方向へ帰る友達が三々五々道いっぱいに広がって、ガヤガヤと話しながら帰っていた。時おり後ろから馬車を曳いた知り合いの小父さんが来ると、空になっている荷台の上に飛び乗ったり車に掴まって道の上をズルズル滑ったりして帰るのが楽しみだった。そのことでワラ草履の後半分が擦り切れて無くなったまま裸足で家まで辿り着くこともしばしばあった。

夏の暑い午後、道無き道である田圃の畦道を友達と一緒に見え隠れしながら〝戦争ごっこ〟をし

自然豊かな生家周辺

て帰って行く。田圃では姉さん被りをして菅笠をまとった小母さん達が、田の草取りに汗を流し流しながら立ち上がって、私たちが下校する姿を笑顔で迎えてくれていた。

時には、暑さに耐えかねて服を投げ捨て真っ裸になって川に飛び込み、ひと風呂浴びて帰ることも度々あった。

家に辿り着くと直ぐにカバンを放り出し、網とバケツを持って家の近くを流れている谷川へと急ぐ、近所の友と一緒に魚とりである。川のほとりに生えている黄色に色づいた大川イチゴの実を口いっぱいにほうばりながら、岩のヤゲ（魚の住みそうなくぼんだ場所）を棒でつつく。岸辺の水草の生えている藪をトントンと叩きながら、岩陰や草むらに隠れている魚を追い出す。ドジョウ・ナマズ・ゴッポ（砂の上を這うようにして動く魚）・ハエなどの小魚を網で掬う。時には鯉やウナギに出くわすこともある。

バケツに一杯になった小魚と水浸しになったズボンやワラ草履を引きずり、日暮れになった夕焼けの空を眺めながら畦道を家路に急ぐ日もあった。

その一　活躍の舞台は、ふるさとの山河　わんぱく

1　私たちの世界は、「お城山」「たんご山」と「津山川」

出《いで》　隆《たかし》〔明治二十五年（一八九二）～昭和五十五年（一九八〇）〕哲学者

津山市上之町に生まれる。東京帝国大学哲学科卒「ギリシャ哲学」を研究。父は零落した旧士族の長男で小学校の教師をしていた。五人の子どもを抱えて、隆は次男坊であった。西に鶴山城をかかえ北にタンゴ山という段々畑の丘をひかえ、丘の麓に沿って東に延びた屋敷町。南には、津山川が西から東へ流れていた。

❶お城山に住む　烏たちの教え

子どものころの私のながめて育った「お城山」は、―西側からは、まだお城らしく、松の段とか、さらに上段の城壁の石垣が、高くあおがれたのだが、私の見る東側は、―ただ烏の群れの巣くうこんもりとした竹藪と雑木の森にすぎなかった。この高いお城山のおかげで日蔭にされたる私たち上之町の子供らは、同じく高いたんご山で遊んでいても、夕日の沈む美しい景色というものはついぞ知らないで、その幼少の時

代を過ごした。

〈「小学校時代の思い出」〉

この鳥たちは、毎朝群れをなして飛んで行き、日暮れ前には決まってお城山のねぐらに帰る。母は、晩飯時を忘れて遊び回っている隆たちに「日の暮れないうちに帰るんですよ。鳥を見習いなさい」とよく言っていた。隆は、お城山の森やカラス達の群れを思い出し、その昔生きていた母の言葉を噛みしめながら当時の面影を偲んでいる。

❷兵隊ごっこで学んだもの

隆の小学校時代は、明治三十一年から三十七年の六年間。わが国が五大強国の列に加わる前夜、戦争から戦争への時代であった。学校では「君に忠。親に孝。」を教え込んでいたが、少年達にとっては、ラジオも電話も不要であった。野山を駆け巡って凧

東から鶴山城址を望む

揚げやコマ回しをしたり、川に飛び込んで泳いだり水にに潜って魚を獲ったりして遊びに夢中だった。少年時代の遊びの世界は、お城山とたんご山と津山川の限られた世界だったようである。

その中で、遊びの中で学んだ一例を紹介する。

兵隊ごっこでも年上の子供の持つ棒切れがサーベルで、年下の子供は鉄砲で、敵は山の絶頂の栗の木であった。進め！ポン、ポン、と山畑をかけずり回る。（中略）そこには軍国主義はなく、ただ武士道の名残で年上の子どもが絶対者で長幼序あるのみであった。

この兵隊ごっこで思い出すのは、年上の大将格の山本という子供である。学校では優等生で私たちの尊敬の的であった。この山本の正ちゃんが、兵隊はこの山の高さを知っておかねばならないと言い出して、その計り方を教え、みんなで計って約十丈の高さであることを知った。その計り方は、まず私の目の高さを計っておき、棒切れで目から水平を見て前方の坂道上の一点を求め、そこまで（目までの高さだけ）登って行って、また同様に次の一点を求め、こうして頂上までに繰返された回数に自分の目までの高さを乗じて山の高さを算出するのであるが、このとき私は幾何学への興味を植え付けられた。

〈「小学校の思い出」〉

この遊びの中で自然に会得した体験は成人になっても忘れることの出来ない思い出である。

岡山から津山に中国鉄道が開通して、汽車というものを見物したのは小学校に入学した当時の出来事。旅順口が陥落したのは津山中学一年生の時であった。

・中学校に入学して叔父の養子となり「出《いで》」の姓となる。
・十七歳で第六高等学校（理学農学部コース）に入学するが、二ヶ月後に退学。
・翌年、再び第六高等学校（文科系）に入学する。
・大正二年、東京帝国大学文学科に入学。
・やがて哲学科に転科し、淡い初恋の悩みを描いた『哲学青年の手記』を刊行。若き日の岡山での回想である。

2 ケレップのある町「高梁」

米川《よねかわ》 正夫《まさお》〔明治二十四（一八九一）〜昭和四十（一九六五）〕ロシア文学者・翻訳家

岡山県上房郡高梁町間ノ町（現、高梁市）で生まれた。東京外国語専門学校卒—ロシヤ文学翻訳の権威。兄弟姉妹は、先妻の子二人併せて九人で正夫は六番目であった。末の妹が箏曲・三弦で人間国宝となる「米川文子」である。長姉、照寿は琴の師匠。その感化を受けて、兄弟姉妹全員が邦楽を親しむ家庭であった。

「音楽に育てられた私は、小学校時代からおとぎ話や画等は好きだったが、算数は苦手だった。教室でそっとお手玉をして先生に叱られたこともありました」と、『酒・音楽・思出』で述べている。

❶ケレップが、唯一の遊び場

この、外見いかにも平和そうな家も、実は、あまり平和ではなかった。その第一の原因は父の極端な吝嗇《りんしょく》であった。父の若い頃はごく軽輩ながら官吏を務めていたが、晩年に退職してから小心でもあり急にけちけちしだした。又、短気で癇癪の強いのも人並みはずれていて、時には病的なほどであった。それに三番目の兄が、友達のみんなから仲間はずれにされていた。彼は読書が好きであり、聞き覚えの琴三弦も相当感がよかった。この兄のことで正夫は小学校へ行くのも外へ出るのも憂鬱であった。町へ出るたびにからかわれて小心な正夫は世の中がいやになる想いであった。

そんな時、少年の心を慰めてくれるのが高梁川だった。当時は、白壁の土蔵や二層楼、三層楼の窓や欄干。貧しい長屋などが高い石垣の上にびっしり並んでいた。その下には同じく石で畳んだケレップという楕円形の突出した堰堤が、一～二丁（一〇〇～二〇〇m）置きに一番から五番まで配置されていた。

〈『酒・音楽・思出』のあらまし〉

「ケレップ」というのは、その間々に舟を泊めて積み荷を出入させたり、筏を置いたりする小さな波止場の用をしていたものだった。

ケレップ

このケレップは、川中に約六〜七間（一〇〜一二m）も突き出ていたので、川の流れる部分がかなり狭《せば》められ町の人々の洗濯や野菜を洗ったりする便宜のために造られたものである。このケレップも、昭和十年初め関西地方を襲った大風水害のため、高梁町も未曾有の洪水に見舞われ橋も護岸工事も殆ど壊され、あの特色的な「ケレップ」は一つとして痕を止めなかった。（現在その原型が、成羽川と高梁川との分岐点に架かる落合橋の下に復元され、ケレップの姿を見ることができる。）

彼は、『忘郷と望郷』で、この高梁川の思い出を心の中に描きながら少年時代の面影を復活している。

○一番のケレップ………《「腹切り岩」のいわれ》

西村丹次郎（明治三十五〜昭和十二・衆議院議員・民政党）の旧宅があった所で、そこは対岸の川原が迫って細い急湍《きゅうたん》になしてをり、そこを泳ぎ下る事が子供の私には水泳の最高学位のように思われてゐた。防堤と防堤の間の浅みで、年上の悪童に水を散々飲まされてようやく体が浮くやうになり、幼い頃には満々たる大河のやうに思われた川を泳ぎ越すなど、我流水練のあらゆる段階を卒業して、初めて西村の下の瀬を下った時には、いっぱしの功業を遂げたような気がした。この急湍の只中に尖った大きな石があって、油断すると腹を切るといふ、いわゆる「腹切り岩」の存在も、この功業を更に輝かしいものにしたわけである。

〈『酒・音楽・思出』〉

○三番の「ケレップ」………《洗濯と魚取りの場》

そこから二町（約二〇〇m）ばかり下った所に三番のケレップがあった。ここは生家から最も近い洗い場で、母親が布団洗濯をした時、その重い布を兄と差し合で棒に担ぎ川に濯《すす》ぎにいった所であり、粕漬でナマズを捕った所である。粕漬けといふのは擂鉢の片隅に酒粕を塗りつけ、真ん中を一寸五分（約五㎝）ほど切った白布で覆ったものをナマズの集まりそうな所へ沈めて置き、魚が粕の香りを慕って切り穴から入った頃を見すまして、瓦の破片をもって静かに迅速に潜って穴にフタをして擂鉢ごと引き上げる方法である。中にナマズやムギツクが五匹も六匹も銀色の腹を見せて躍っているのを発見するのも、例えやうなき喜びである。水底で薄碧色に揺らいでいる布の園面の上を黒い小魚が影のごとくチラチラ掠《かす》める幻めく光景を岸から見透かすのも、胸がときめくほど心愉しい。

〈『酒・音楽・思出』〉

　このように高梁川のケレップは、高瀬舟の積み替え場所として必要な位置を占めていた。町女房が濯ぎものをしたり菜っ葉を洗ったりしているついその先を、高瀬舟が白い帆を張って下って行ったり、岸を歩きながら長い綱を曳く曳舟人夫に合わせて裸の船頭がするすると舷を伝って棹を押している上り舟が、のろのろと通り抜けて行ったのであろう。

　もうそこには、高瀬舟はいない。あんなに行き来していた川も寂しくなった。ただ、田圃に水をやる流れっぱなしの川になってしまった。淋しさかぎりなし。

3　負けず嫌いのわんぱく小僧

柴田《しばた》　錬三郎《れんざぶろう》　〔大正六（一九一七）〜昭和五十三（一九七八）〕小説家

邑久郡鶴山村鶴海（現、備前市鶴海）生まれ。慶応義塾大学卒業。三方を山で囲まれた内海の入り江の村。明治末頃までは春になると、数百羽の鶴が飛来していたと言われていた。父を三歳で喪い、祖父母と母と兄二人。長兄は、朝日新聞論説委員。次兄は陸軍大佐まで成った。少年期は母が家事に多忙のため、主に祖母に養育された。大学卒業後は、日本読書新聞編集長、大衆作家として活躍。『眠　狂四郎』シリーズは、特に有名である。

❶小学校時代のわんぱくぶり

大正十二年四月、錬三郎は鶴山小学校に入学する。学校は、片上湾の入江の奥にあった。彼は、幼時の頃から父が遺してくれていた漢籍を読み、講談本や文芸書を乱読していた。けれども、「小学校・中学校とも、数学の才能は、ゼロであった。私の人生の目的は、文士になる」ことであった。彼は『地べたから物申す』の中に、「私が、文士になることは、小学一年生頃にすでに、運命づけられていたようである。」と言っている。

小学一年生を終了した頃には六年生の漢字が全部読めて書くことも出来ていた。だから国語の時間が退屈でしょうがなかった。成長するにつれていつも家の前の道を通って浜辺に出て水遊びや砂掘りをして日の暮れるまで遊び回っていた。

錬三郎は、自分から「海辺の村始まって以来の〝わんぱく小僧〟であった。」と言っている。

○花嫁にいたずら

隣村から花嫁が輿《こし》入れして来た。当時の風習として、向う三軒両隣の家へ、花嫁は、挨拶巡りをしなければならなかった。あでやかな花嫁衣装をまとい、つのかくしの下の顔を、うつ向けて、文字通り虫も殺さぬ殊勝な面持ちで、しずしずと歩く姿を、眺めているうちに、私の脳裏に、意地悪いアイディアがうかんだ。私は、竹竿をつかんで、そうっと、背後に迫り、いきなり、その裳裾《もすそ》を、ぱっとはぐってやった。瞬間、振り向いて私を睨みつ

入江の鶴海港

けた花嫁御寮の形相は、まさしく華厳経《けごんきょう》にある「女は地獄の使い」であった。
〈『地べたから物申す』〉

○鶏の水泳

ある時、家鴨が泳ぐからには、鶏も泳げないはずはない、と考えた。（中略）しかし、水かきのない野鳥のたぐい——鴉や雉は水を泳ぐ事ができるではないか。

某日、私は、近所の家の鶏小屋から、十数羽を盗み出し、これを、綱で数珠つなぎにして、海辺へはこび、小舟に乗せて、沖に漕ぎ出すと、投げ込んだ。結果は、一羽のこらず溺れ死んでしまった。
〈『地べたから物申す』〉

❷山の奥に、ほんとうの人生がある

錬三郎は、岡山県北の粟倉温泉の国民宿舎に泊まった時、少年時代の思い出を語っている。

私自身、同じこの岡山県の海辺の村で育ち、片道九キロの坂道を小学校に通った。その往復の途次、あるいは青大将をとっつかまえ、または、野兎を追い回したものであった。（中略）

学校から家に帰ると、カバンをほうり出しておいて、外へとび出し、夕餉時まで、山野を駆けずりまわった「風の子」であった。テレヴィジョンというしろもの・・・がでてきたために、子供たちは、自然の中で生きるすべてを奪われ、からだをきたえることができなくなったのではないのか。

さんざ山野を駆けずりまわって、星が空にまたたきはじめた頃、家に帰る――あの思い出が、私の脳裡によみがえった。

現代の社会状況は、何かがまちがっている！

〈『地べたから物申す』〉

私は、月に一～二回郷里の哲西町の山荘に行き、人気の無い自分の家で草刈りをしながら一、二日泊まってふるさとの空気を満喫する。山から湧き出てくる泉を飲みこんで、これがほんとうの水だと実感する。朝になると何処からともなく霧が降りて来て山間いの谷をすっぽりと包んでくれる。

そして朝日が射して来ると、木々の小枝に宿る水滴がキラリと光り自然の風景を心ゆくまで見せてくれる黄昏になり宵闇が迫ると、夜空には無数の星が生まれる。団地で生活している子ども達はこの美しい星空を仰ぐことはめったにないであろう。

4　ハンザキを釣った青春の思い出

井伏《いぶせ》　鱒二《ますじ》（明治三十一年（一八九八）〜平成五年（一九九三））小説家

広島県深安郡加茂村粟根（現、福山市加茂町）に生まれる。山陽本線「福山」駅から約四里（十六キロ）ほど北に行くと、南北に細長く二つの山に囲まれた所である。父を五歳で失い母と祖父母のあいだで育てられた。三人兄姉の末っ子だったので、お爺さんが特にかわいがってくれた。

❶子どもの頃（明治三十一年ころ）

粟根《あわね》には、雑貨屋一軒のほかに農家が六十戸ぐらいあった。寺は二つあり、妙永寺は井伏家の菩提寺。大林寺では朝と午前十一時と夕方に釣鐘を鳴らしていた。

〈『半生記』〉

○むかしむかし、その昔。あるところに…

父が亡くなる前、お婆さんはランプか行灯のあかりのもとで炬燵にあたる時、私をよく膝の間に入れて抱きながら昔話をしてくれた。お爺さんは喧し屋でお婆さんも喧し屋だが、不思議に昔話をするときには話の種がまるきり違っていた。

お爺さんの噺は「むかしむかし、その昔、あるところに……」で始まって、最後に「……めでたし、めでたし」で終わるのと、「……これで、やっこら一昔」で終わるのと二つ種類があった。『かちかち山』や『舌切雀』は「……めでたし、めでたし」で終わり、『しゅてん童子』や『牛若丸』は「……これでやっこら一昔」で終わった。

　お婆さんは昔噺をするとき、ゆっくり歌うような調子で話してくれた。長い物語だが、話してくれるのはいつも一つだけで、附近の村々の者が飢饉で難儀したときの事実談であった。（中略）「ごんぼうや、ごんぼう、ごんぼうは要《い》らんかなあ。山芋や、山芋、山芋は要らんかなあ。近頃さっぱり、

ハンザキ（山椒魚）
川崎医科大学分子生物学１教室

その声きかぬ。ごんぼう、山芋、一つもござらぬ。粟粒、米粒、一つもござらぬ…」

冒頭はそんな文句で、天保時代の大困窮のとき、百姓たちが冥加金《みょうがきん》を取立てられて窮乏のあまり餓死する者が出る話であった。（中略）天保の飢饉のときの話は、お袋からも聞かされた。これは昔噺でなくて話のついでのとき、ひい爺さんから聞いた話として何度か同じことを聞かされた。おかげで私は子供のとき、昔からのさまざまな年号のうち「天保」という年号を一ばん早く知った。

〈『半生記』〉

○みんな一緒に

このころの村では、爺さんや婆さんも野良仕事にでていた。婆さんたちは、久しぶりに雨が降る日に逢うと「こんにちゃ、良《え》え潤《うるお》いでござりやんすなあ」、そんな挨拶を交わしていた。農村だから挨拶言葉は、稲や耕作などに関連をもっている。

「こりゃ、危ねえど。早う降りて来んか。こりゃ、おどりゃあおどれ、何をそぎゃんこする。こりゃ、おどりゃあどこの子なりや。こりゃ、早う降りて来んと、引張り下ろして、どうづいてこますど」

と、爺さんは近所の子供が柿の木に上って熟し柿を食っていると、木の下にやって来て大声で叱る。

〈『半生記』のあらまし〉

村の子供達にとっても、大人達にとってもみんな一緒で暮らしていた。そこには、他人と自分の家のこと別は全くなかった温かい家族社会であった。現在のように、隣近所とは別世界といった核家族などは、想像もつかない桃源郷だった。彼の文学は、風景描写よりもそこに住む人間の生活を描くのが彼の特質であると思う。

❷雷がなっても餌を放さないハンザキの実験

鱒二が在学していた頃の福山中学校には、幕末に建てられた藩校（誠之館）の小講堂や附属の建物が残っていた。そのうち習字教室の内庭の隅に畳一枚分ほどの浅い池があった。この池に二匹の山椒魚を飼っていた。

寄宿舎に居たので、舎監の島先生の目を盗んで雨蛙を見つけると、捕まえて来て山椒魚に食べさせていた。私のほかにもこっそり餌をやる者がいた。同級生で同室の宮原哲三だった。宮原は魚を捕るのが上手だったが、蛙を捕るのもうまかった。「宮原に睨まれた蛙」と言いたい程であった。

〈『半生記』のあらまし〉

ある日、宮原がハンザキに蛙を与えている時、鱒二が「ハンザキが噛みつくと、雷が鳴っても放さんそうなのう」といったので、放す放さないで口喧嘩になった。

この後、雷の鳴る日に二人で、果たして事実かどうか試しに行った。宮原は藺草《いぐさ》で三尺ほどの細縄を編んでその先に蛙を結びつけ、山椒魚に噛みつかせて吊りあげた。大きな雷が轟《とどろ》くが山椒魚は口から蛙を放さない。

「どうだ、ぼくが云った通りだろう」と宮原は自身ありげに話した。

〈『半生記』〉

後に鱒二は、早稲田大学の文科に入って習作の頃、『幽閉』として同人雑誌「世紀」に発表。この中学時代の現体験がもとになって、秀作『山椒魚』が生まれるのである。

その二　ひとつ屋根の下で　家庭のぬくもり

1　赤とんぼ　―母への想い―

三木《みき》　露風《ろふう》（本名　操）（明治二十二（一八八九）〜昭和三十九（一九六四））詩人

兵庫県揖西郡龍野町（現、たつの市）で父、節次郎、母、カタの長男として生まれた。三木家は、藩政時代は寺社奉行の家であり、祖父側は奉行、初代龍野町長、九十四銀行の頭取を務めた。母カタは、鳥取藩家老和田家の次女で、後に看護婦・女性解放の運動家として活躍した碧川カタである。

明治二十五年五月、次男、勉が誕生。二人の子がありながらも、父は家を空ける日が続く。節次郎にしてみれば、父性の存在が余りにも大きかったかも知れない。親に見初められた嫁というのも打ち解けられなかった理由の一つかも知れない。

❶母との離別

明治二十八年二月。露風が七歳（満五歳）の時、母は弟を連れて家を去ることになる。

お引越しとかいうことで荷物を片付けているのをあとにして幼稚園に出かけたが、もどってくると表は板で斜めに釘づけられ、母はおらず、祖母のトシが迎えに来ていて、祖父、制《すさむ》の家に連れていかれた。

〈『三木露風全集』〉

別れの挨拶も理由も聞かされないまま、露風は母と弟と別れる。小さい頃から苦労を重ね忍耐強い母カタゆえに子供のためにと辛抱も続け、舅姑からも可愛がられはしたが、帰らぬ夫を待つ日々は辛かったに違いない。見るに見かねた祖父が、「三木家を離れて自由になってくれ。操（露風）は、跡取りだから三木家に残す。勉はまだ乳呑み子で母の手が必要なので連れていってよし」という条件で離婚が決まり、カタは勉を連れて鳥取に帰った。

❷母と暮らしたふるさとの山川

○山と紅葉谷

祖父の屋敷の裏には緑豊かな鶏籠山の木々が、うっそうと迫っている。露風にとってもこの山を「お城山」と呼び、この山にかかる月と桜をこよなく愛していた。母に抱かれて見た景色だから、忘れ得ぬ故郷の情景である。

この山と台山の間には、紅葉谷があり、その傍らを十文字（どじ）川が流れている川伝いに谷道を登ると、登りつめたところが両見坂峠（別名「見返り峠」）といわれ、出雲街道の入り口である。

七歳で別れた母は弟を連れて、きっとこの道を鳥取へと帰って行ったであろう。

『われ七つ因幡に去りぬのおん母を　又かへりくる人と思ひし』

〈『三木露風全集』〉

露風は、谷で木の実を拾い小鳥のさえずりを聞きながら母の帰りを待つのであった。

また、露風の部屋は屋敷の裏手にあった。

山の木々を渡る風の音、無心に流れ続ける谷川の水音が響く。彼は
「谿川の流れの音は絶えず我耳に響き、裏山の松風枕頭に落ち…」

と、友に宛てた書簡に記している。

この悲しい記憶ゆえ、母を待ちながら聞いた清流の音も生涯忘れられぬ響きとなって耳に残っている。
○母の面影を偲んで
母と過ごした五年間は、至福のひとときであった　―五歳の時には、家庭読本を読んでくれた。子守唄を唄ってくれた。また、絵を描いて遊ばせてくれたこと―。匂い・声の調子・射しこんでくる光など脳裡に焼き付けられた光景は、母のいる情景そのもの

である。幸せな家庭の姿である。

しかし、露風の家庭はそうではなかった。母親だけではない、父親も家を空ける日が多かった。再び帰ってきた時は再婚しており、新しい家庭には男の子が生まれていた。彼は、祖父に引取られたが、家庭そのものを失っていた。名家に育ち友人も多い。才能にも恵まれている中で唯一足りないものは、両親揃った温かい家庭であった。

とりわけ優しい母との至福の時間―母さえいてくれたらと思う日々であった。

龍野の四季折々の美しい風景を背景に母と過ごした至福の情景。―大らかな自然のうつろいと共に彼の心に刻み込まれた寂しさと孤独―。やがて心の空洞を癒すかのように、文学に傾倒して行く青年露風の姿があった。

❸赤とんぼは、母を想う詩

この「赤とんぼ」の詩を作ったのは大正十年、三十三歳の時、北海道函館付近のトラピスト修道院であった。

『ある日の午後四時頃に窓の外を見て、ふと目についたのは「赤とんぼ」である。静かな空気と光の中に、竿の先にじっと止まっているのである。かなり長い間飛び去ろうとしない。

私はそれを見ていた。後に「赤とんぼ」の詩を作った。

家で頼んでいた子守り娘がいた。その娘が私を負うていた。

西の山は夕焼けしていた。草の広場に赤とんぼが飛んでいるのを見た。』

（中略）私が大分大きくなったので、子守り娘は里へ帰って行った。

ちらっと聞いたのは、嫁に行ったということである。また、山の畑というのは、私の家の北の方の畑である。


〈「森林商報」新六十九号　昭和三十四年七月十五日〉

露風の心は、故郷の自然に辿る。山々のふところに抱かれてひっそりとたたずむ故郷の風景―揖保川に沿って遠く南に開けている辺りを赤々と輝く夕空―龍野の町の夕暮れが浮かび上がる。

和田典子は、この「赤とんぼ」の詩を幼年期から少年期にいたる自立する姿を詠った詩であると述べておられる。〈『三木露風・赤とんぼの情景』〉

それを図示すると、次のようである。

赤蜻蛉　〈『真珠島』所収形〉　《制作の姿勢》

①　夕焼、小焼の　あかとんぼ 負われて見たのは、いつの日か	母の背に負われてみたぬくもりと、 故郷の夕焼け	一～二歳
②　山の畑の　桑の実を 小籠に摘んだは、まぼろしか	母といっしょに摘んだ桑の実の追憶	幼年・三～七歳
③　十五で姐やは　嫁に行き お里のたよりも　絶えはてた	幸せだった幼い日への惜別 ―姐やを通して聞いた母の便り―	少年・十歳の頃
④　夕やけ小やけの　赤とんぼ とまってゐるよ　竿の先	独立している少年の姿・孤独の象徴 ―少年から青年へ―	十三歳

母という字を一字も使わないで見事に母恋の気持ちを歌いあげている。

そして、夕焼け空に群れをなす赤とんぼに比べて、竿の先に入る赤とんぼは独り立ちしている少年露風の象徴である。

露風の生涯は母を求めた一生であった。母のぬくもりを懐かしみ郷愁を誘う「赤とんぼ」は、自らの人間性を思い出させる詩である。

❹閑谷の森で詩思を練る　―青年の淡き夢のひととき―

明治三十七年十一月、十六歳の時。養育されていた祖父の意志に従い、龍野中学校から岡山県和気郡伊里村にある私立中学「閑谷黌」に転校した。ともすれば沈みがちな露風を見ていた祖父は、新しい天地で漢学を学ばせようと思ったのであろう。

閑谷は、四面山に囲まれた静かな所であった。露風は、ここで学業を修める外は山と渓流と山中にある池の畔を逍遙して詩思を練った。

露風には、もう一つ龍野で別れた太田茂与という黒髪の美しい乙女がいた。

彼は、森の中や池の畔、小川の渓流を逍遙しながら、ふるさとの空に想いを馳せ恋人を偲んだ。まさに、龍野時代の山河が悲しみに満ちた母の想い出の場所ならば、吉備の山々は、恋人を偲んだ恋の山河と言えよう。

赤とんぼ　金谷哲郎 作

2 「私ひとりの私」に生きる

石川《いしかわ》 達三《たつぞう》〔明治三十八（一九〇五）〜昭和六十（一九八五）〕小説家

秋田県平鹿郡横手町（現、横手市）に生まれる。父は、東京高等師範学校を卒業して秋田県立秋田中学校の英語教師。母は角館から嫁していた。達三は三男で、ここで三歳から七歳まで住んでいた。岡山県高梁町（現、高梁市）へ移るまでは六人の男の子と妹の七人の子持ちであった。

❶母と過ごした幼き頃の日々

○秋田にいた頃の母は、おっとりとして静かな細いきれいな声で、針仕事をしながら古めかしい軍歌を歌ってくれる母であった。「むかしむかしなあ…」と言って古いお伽話を聞かせてくれたり、冬のいろり端で民話を話したりしてくれる母だった。

明治四十五年初夏のころ、秋田中学校を辞職した父は、新しい就職先を探すため家族を連れて上京した。それから間もない九月の初め。新しい任地である岡山県上房郡高梁町（現、高梁市）へ赴くため、一家九人を乗せて東京を下った。高梁町は、備中松山藩の城下町で人口六千。山に囲まれ水の美しい静かな城下町であった。

○高梁へ転居してからの母は、すっかり変っていた。もはや以前のように優しい落着いた母ではなかった。小学校四年生をかしらに七人の子供がいた。七番目は、まだ乳呑児だった。これだけの人数をかかえて母はひとりで家の中を切り回していた。秋田の時代にくらべておそらく父の収入も少なくなっていたに違いない。（中略）そして四ヶ月ばかり失職していたあいだに貯えも少なくっていた。

○私たち男兄弟は、ほとんど年じゅう久留米絣の着物を着ていた。新しい着物を買って貰えるのは長男だけだった。毎年、長男の着物が次男に下げられ、次男の着物が私に下げられた。そのたびごとに、母は着物を洗い張りし

高梁中学校時の寄宿先

て新しく縫い上げてくれたものだった。長男の着物が私に廻って来る頃には、絣の白糸の部分が弱って穴があきそうになっていた。藍で染められた糸は強いが絣の白いところだけが先に穴があいた。
○家事の手伝いのできるような子供は、ひとりも無かった。みんなまだ幼かった。だから母は、炊事も掃除も洗濯も縫いものも、すべてひとりでやってのけた。早朝から夜更けまで、息つく暇もない程の働きぶりだった。（中略）次々と育ってくる子供に次々と語り聞かせてくれたむかし話は、私のところで終わっていて、私の弟や妹は、もう母からあの話を聞くことは出来なかった。

〈『私ひとりの私』〉

秋田にいた頃の、あの優しい母が、驚くほどの変りかたであった。母は次第にこわい母になって行った。一日中夜叉のようになって働き続ける母の姿は。それだけでも既に抵抗し難い迫力をもっていた。母がそれほど忙しくしているのに、父は決して家事を手伝おうとしなかった。夕方学校から帰ってくると、奥の八畳の座敷に入り机に向かって静かに読書していた。父だけが全く孤立した別の生活であった。一家の主というものは、そういう在り方をするのが正しいのだろうと思っていた。

高梁へ転任してからの母は、二年と三ヶ月しか生きていなかった。ある冬の夕方、母は銭湯で倒れ意識の戻らないまま死を迎えた。脳溢血であった。達三が九歳の時である。母の死は少年にとって身上に大きな影響をあたえた。

❷「私ひとりの私」に生きる　―私を変えた屈辱の一年―

父親の祐助は、妻の死後三ヶ月足らずで再婚した。新しい母は献身的な良い人であったが、結局は他人でしかなかった。しかもその家には新しい母の他に彼女の母親と姉の娘の三人がいて、常に十人を超える大家族の中で兄妹は、ひとりひとりバラバラになって孤独感をもって暮らしていた。

○東京府第一中学校の受験に失敗

小学校を卒業した大正七年の春、達三は叔父、六郎のすすめで一中を受験するため上京した。子の無い叔父は合格すれば養子にするつもりだったらしい。不幸にして失敗。

○高梁中学校入試が終わった後に帰省したため、進学の道が閉ざされた。

この屈辱の一年間が達三少年の心を変えた。ある日、山羊の飼料に必要な草刈りに出かけ土手の草を刈っていると、突然農婦から「この泥棒めが！」と怒鳴られた。その草はカラムシといって布を作る原料になる草だった。彼は雑草だと思っていたのを女房の叫びに附近の人が集まって来て、衆人環視の中で散々侮辱された。

彼は、悲痛な呻きをもらしているが、「私を知っているのは私だけ。ひとりきりの悲劇なのだ」という孤独の世界が十三歳の少年の胸に芽生え、根を下ろし定着していった。

波瀾に満ちた少年時代―出郷、二度にわたる他郷での転校。生母との死別、父の再婚。そして中学校の入試失敗。その間、二度までも盗みの嫌疑をかけられるという不幸な経験。これが小学校一年生から六年生までのわずか六年間の生活記録である。彼の生涯を顧みる時、案外心の痛手を受けていない。その傷を防いでくれたのは、亡母への限りなき思慕の情であった。彼自身が復原力と呼んでいる健康な機能が破滅の淵から救済してくれていたことも忘れてはいけない。

3　金魚よりどじょうが好き

木山《きやま》　捷平《しょうへい》〔明治三十七（一九〇四）〕昭和四十三（一九六八）〕小説家・詩人

岡山県小田郡新山村山口（現、笠岡市山口）に生まれる。八人兄弟の長男、当時は、祖父母も健在。特に捷平は、初めて孫が出来たので祖父に愛された。作品「おじいさんの綴方」には、祖父と孫との交流が、ほのぼのと描き出されている。

❶おとッつァんが居らん

明治四十三年四月一日、捷平は新山尋常小学校に入学した。彼は、父に伴われて登校。式直前まで他の同級生と同様、父親と同席して座った。ところが式が始まろうとした時、私の傍から離れて廊下の方へ行った。周囲にいるのは見知らぬ同級生とその父親ばかりであった。同級生は、父親に守られてみんな安心しきったような顔だった。

千秋の思いで待っていた父が戻って来ないうちに、式が始まった。校長先生が壇の上にあがって話をはじめた時、私は心細さに胸がこみあげてきて、

「おとッつァんが居らん、おとッつァんが居らん」と声を出して泣いた。

すると、校長先生が話をしている横の方から、私の父がにゅっと立ち上った。（中略）

それは、来賓席という場所だった。父が私をおっぽり出して逃げたのではなく、同じ場所にいることがわかると、泣くのをやめた。泣くのをやめたが、校長先生が何を話したのかは、全然わからないまま式がおわった。

私は現在でも、来賓席という場所があまり好きではないのは、この時うけた打撃がいまもって心の中で尾をひいているのかも知れない…

〈『わが半生記』のあらまし〉

初めて多くの人達とふれる未知の世界の第一歩。—親子の心のやりとりが見事に写し出されている。

捷平が六十二歳の時に書いた手記である。

また、随筆「自画像」に、捷平が父に叱られてお仕置きに土蔵に入れられたことがある。

僕は泣きながらも暗い土蔵の隙間から洩れて来る光を玩ンダリ，その隙間に片目をあて明るい外界をのぞいたりして少時を過ごしたのを覚えてゐます。今でも小さくて弱い—少しばかりさびしいやうな影を持ってゐます。

土蔵の内と外、闇と光、親と子、幼い時に見た子供の世界をどこの家でも体験した時代であった。

○うけとり

昭和の前期、農家では、学校がひけて家に帰っても、どこの家でもうけとり（ある仕事の量を決めてそれをひきうけさせること）を命じられ仕事を請け負っていた。筆者の家でも父親から子ども達に「山で切ったままで積み上げている割り木を木小山まで運んでおけ。その駄賃に一回五銭やる」と言われて、せっせと子ども達で運んだ事を覚えている。そんな時代であった。

> 貧しい百姓の子供達は、学校がひけて家に帰っても、（中略）勝手気儘に遊ぶことはできなかった。彼等どこの家でもうけとりが待っていた。山林を持たない百姓たちは、秋の収穫の忙しさの上に一年の燃料を掻き集めなくてはならない。村の共有林を目がけて子供達が動員されそれぞれ親達からあてがわれたうけとりの竹籠と熊手を背中に負って、松籟のなっている林の中で友を呼びながら松葉掻きに懸命になる。
>
> 岩助は、尋常科卒業を後三ヶ月ほどに控えた十三歳の男の子である。彼も父に命じられて毎日芝掻きに出かけるのが日課だった。

その負担になっていた山行きがこのうえもない歓喜に変ってきたのは、ふとした出会いがきっかけとなって一年下の少女セイに逢った時からだった。セイも小作百姓の娘であった。細長い顔は日に焼けて馬鈴薯をしていてほおべたがいちごのように赤かった。つぶらな黒い瞳をかざっている睫毛が瞬きするたびに邪魔になりはせぬかと思うほど長かった。

二人の小さな影は、すうっと寄り添って物かげをえらんで消えて行くー。ある時は谷の岩の間に、ある時は太いカシワの木の根元に、またある時はイヌシダの長い葉影に……二人はグミの渋い実を噛んだり空豆を食べたりしながら、あたりがうっすら暗くなるまで時の経つのを忘れていた。

そんなふたりの関係が、いつのまにか山友達の間にパッと広がって行った。

岩助を見た友達は、大きな声をはりあげてはやし立てた。その合掌は、谷の周囲をこだましていった。喜びは束の間に過ぎなかった。嘲笑を浴びせられるばかりでなく、仲間からはねのきを食わされた。

二人の関係が寺の土塀の白壁にまで落書きされ始めた時、ふとしたことで岩助が落書きの犯人にされてしまう。

受け持ちの先生が、理不尽な叱り方で彼を叱る。—太陽が西に傾く頃ようやく許されて帰宅した。竹籠と熊手を持って急いで暮れかける山に急ぐ。寺道にさしかかった時、先ほど受けたやりきれない屈辱の想いを寺の城壁にぶっつけた。受け持ちの先生の名と若い女教師の名を書きなぐると、一目散にまるで一疋の野猪のように松林の中へ駆け上っていった。

〈「うけとり」のあらまし〉

白　壁

子供の時分
ぬりかへたばかりのお寺の白壁に
大きな落書きをして
和尚にひどく叱られたが—
あれは愉快な悪戯であった。
あれは美しい意欲であった。

白壁のある長福寺

この頃
俺等をとりまく大きな寂寥《せきれう》！
神様！
この寂寥をどうしてくれる？
あのやうな白壁を
俺等の前にさしひろげてくれ！

〈『木山捷平詩集』〉

捷平は、作品『うけとり』の中で山や自然にとけあった子供達の挙動をほおえましく描いている。また岩助と少女セイとのほのぼのとしたほのかな心の交流が、故郷の山の自然を背景に初々しく描き出されている。

❷金魚よりどじょうが、好き

二〇一一年九月、野田佳彦内閣が誕生した。彼は、「ドジョウ内閣」と称して、泥まみれになって仕事を遂行すると決意を示した。その言葉は、相田みつをの「どじょうがさ　金魚のまねすることねんだよなあ」から引用して述べているが、。私は念のためこの言葉の源泉を探して見た。すると、思わぬところにあった。木山捷平の第一詩集『野』

の跋にあるではないか。

私は牡丹の花よりもねぶかの花が好きだ。雑踏する日比谷の音楽堂における洋楽よりも、桑畑の中からもれてくる小唄がいい。綺羅を身にまとって帝国劇場に入って行く若夫婦よりも、たふれかかったやうな家の庇に巣をつくって、雛を育てている雀の夫婦を礼賛する。ガラス鉢の中でゆらゆら泳いでゐる金魚よりも、どぶ溝の中に首をつっこんで住んでゐるどぢやうが　どんなに愛らしいか知れない。金魚は川に放ってやりたい

昭和四年一月十日

この詩は、既に八十年前につくられた捷平の詩作の根幹をなす揺るぎなき考えである。詩人として出発した彼は、小説家として進路を変えたが、魚よりどじょうを愛する心を終生失わなかった

そして、権力に背を向け庶民の暮しと哀歓を描き続けた。その木山文学の骨格を育んだのは、ふるさとの草深い風土と土に生きる人生そのものであった。

私たちは、この六十四年の生涯を通じてドジョウ精神を貫いた作家「木山捷平」を忘れてはならない。

その三　ふるさとは遠きにありて　哀愁

故郷は、なつかしい。けれど、帰りたくても帰れないという思いを抱く原因は何か、それを探ってみると、それぞれの人生に共通な体験をされていることがわかるのである。

1　吉井川は、私のふるさと

時実《ときざね》　新子《しんこ》　〔昭和四（一九二九）〜平成十七（二〇〇五）〕川柳作家

岡山県上道郡九蟠村（現、岡山市東区九蟠）で生まれる。夫を神戸に残して姉妹二人を連れ、夫の実家に帰った母は、姑と子供のために小店を張って働きづめの毎日であった。

❶荒々と母は流れる吉井川

吉井川は、感情の激しい川である。（中略）潮が引くと洲が現れシジミや浅蜊《あさり》や蛤《はまぐり》が採れた。雁木《がんぎ》（道から河に下りる段、多くは石で作ってあった）の水苔を食い競う赤い小蟹《こがに》、水から出た石には青海苔や牡蠣《かき》もついていて、村人たちを喜ばした。

満ちてくる潮の速さ、打ち寄せる波は忽《たちま》ちに雁木を二段三段と呑み、その豊かな水量は道を洗うかに見えた。（中略）この河が荒れ狂うときの凄さを何にたとえようか。上流から矢のように海に出ようとする濁流は木を流し、藁《わら》屋根を流し、牛を流し、それでも足りずに向こう岸を噛んでは河辺の家を呑み込んだ。雨台風が通り過ぎたあとの吉井川のこの光景を待つために、私は台風の雁木に佇《たちどま》ってはよく叱られたものである。嵐の河は子供を攫《さら》うぐらい何とも思ってはいなかった。雁木にしがみついて私は沖の白い牙に見惚れた。

冬、薄氷の張った葦《あし》の間《あい》から、かいつぶりが顔を出す。アミと呼ぶ小海老。それを追うママカリという岡山特産の魚。（中略）そのママカリを追う村人の声がひとしきり河の朝を賑わわせた。この吉井川の小雪が舞う日、（中略）昭和四年一月二十三日のことである。

〈『花の結び目』〉

こうして新子の生は始まった。未熟児で栄養失調は九人の医師に診せたが、どの答も学齢期までもつまいということであった。そんな新子が救われたのは、五歳の時河口の遥か彼方の瀬戸内海の沖合に、忽然と現れた「巨《おお》きな力」を感じて、「私だけの信じ得る力」

が働いた。以来、その力に守られ、導かれ、生かされていると述べている。

❷手に掬い手からこぼして吉井川　―地獄と天国の体験―

○小学校時代は、地獄の苦しみ

昭和十年四月、新子は開成小学校に入学した。当時、父は家族と離れて神戸にいた。母は招かれざる嫁ではあったが、田舎の水が性にあっての別居暮しであった。父は西大寺に残した二人の女の子に、時々ハイカラな服や学用品が届けられた。この頃まだ二十八歳の母は、化粧っ気一つなく姑と子供のために小店を張っての働きづめであった。昭和十年の村の春であった。

私が通った開成尋常高等小学校は、（中略）小さな私が運動場に出るか出ないかに石くれの雨を浴びせた。教室へ逃げ戻ると椅子の上は濡れ雑巾の山。廊下を曲がる度に掃除箒が頭を一撃二撃する。バケツの水をぶっかけて私がすべったところへ馬乗りになる。下駄箱の靴は便所に浮き、スリッパは麦畑に放り投げられた。上級になるにつれていたずらも淫靡《いんび》を極めた。私がもっとも嫌いな汚い男の子をピタッと私に押し付けて、耳をおおいたくなる大人のことばで囃《はや》し立てるのだ。その、身の毛もよだつ長い時間を、私はもう半死の状態になりながら耐えた。（中略）

私は、数えればキリの無いこれらの悪質ないたずらを、母にも姉にも先生にも言わなかった。（中略）六年間皆勤賞、優等賞、郡の県の様々の賞を一人占めして、（中略）校門の玉砂利を蹴《け》りながら私は思った。誰が笑おうとも、十二歳の少女は本気であった。私は才色兼備の女性になるのだと。そして、私をいじめた奴らを必ずひざまずかせてやる。男性不信と男性軽視と山ほどの被害者意識と、それと同量の輝く自負を持って私は小学校の門を出た。

〈『花の結び目』〉

吉井川　河口

○女学校は、花園

新子は、県立西大寺高等女学校へ進んだ。ざまあみろ、私は勝ったのだ村人の祝福に母は誇らかにはにかんで、「わたしゃあ何して働いても、子供だけは行きたいところまで学校へ行かしてやるつもりなんよ。貧乏人には教育が財産じゃもん」と。いじめれっ子は豊かな世界を自由に飛翔することが叶い、それゆえにいよいよ人の世界に閉じこもったのかも知れない。女学校は、天国であった、男の居ない教室でのびのびと学んだ。しかし、昭和十六年十二月八日、一年生の二学期末からは、大東亜戦争に突入した。中学生はゲートルを巻き、女学生はスカートからモンペになった。

二年生から教練が始まった。分列行進、「カシラー右」。女子とて銃後の守り。朝夕、ワラ人形を竹槍で突く。一方では婦徳を磨き、本物の赤ん坊を借りてきて育児教育もさかんになった。そして四年生から学徒動員。三交代全寮制、鐘ヶ淵紡績西大寺工場で軍服を織る仕事についた。

広島に原爆が落とされて、しばらくして十五年間にわたる戦争は終わった。呆然としたのは束の間で、戦争が終わったという喜びでうれしさがこみあげてきた。十六歳の少女にとっては無性にうれしかった。

昭和二十年二月、敗戦色の濃いいなかで、新子は医師を希望していた。

そこで岡山厚生学院を受験、十五人に一人という難関を突破したのだけれど、入学は学院が全焼したので自宅待機が続いた。

❸川の他にふるさと持たず枕経　―難関を乗り越えて―

いつ学院が再開されるかわからないままに、新子は十七歳になっていた。敗戦の混乱の中で甚だしい食料不足が続いた。米を持たねば一泊もできなかった。その宿さえない焼け跡のバラックで、人々は自分のことだけで精一杯であった。家を出たら「こんな女に誰がした」と堕ちてゆく穴はいっぱいあった。町では進駐軍がジープで走りまわり、娘たちは一人残らずやられるぞという流言飛語の飛び交うなかで、当時の母親にとっては娘の結婚だけが救いの道であった。

昭和二十一年十二月十一日母がやっと手に入れた花嫁衣装。姉は十九歳になっていたが、一度も顔を上げず祝福する中で奥歯を噛んだ半泣きの姉の姿が痛々しかった。

その結婚式の三日後、新子は東に走る汽車に乗せられていた。

静まりかえった一団のように、緊迫した空気の中で列車だけが時おり汽笛を鳴らした。満員の汽車の窓から転がり落ちた見知らぬ街「姫路」と言う名の城だけが正面に聳え、町は一面焼け野原であった。

新子はカツラを被せられ車が神社に着くと、紋付を着た男たちが待っていた。そして八人もが同居する屋根の下へ、九人目の他人として入って行ったのである。

何一つ料理をしたことの無い手でタマネギを刻み、九人分のゴワゴワの作業服の山。手押しの井戸でタライに水を張り石灰のような石けんで洗濯板に厚い布地をこすりつける。むっと来る他人の匂い。みるみるうちに薄い手のひらの皮が破れて血がにじむ……。

こうした苦しみの中で耐えられたのは、「書く」ということが唯一の救いであった。長女が六歳、長男が三歳になっていた。ノートを焼いてエプロン姿の母親になろうと決心したのは、某日の新聞を見て心に火を灯もしてくれた「川柳」であった。

・竹光に切られて母は死んでやり
・川があり花火は倍の美しさ

新子は外の世界を知らなかった。コタツ板に割り箸を立てて布を張り、あっちとこっち、長女と私。お互いの領域を犯さないように勉強していた三畳が、新子の世界のすべてであった。

「川柳ふあうすとひめじの会」の句会にでるようになった。朝夕の挨拶以外に友を持たなかった新子が老若男女とりまぜての先輩に、おずおずと話ができるようになったのもこの句会のおかげであった。

新子は、誰の添削も受けなかった。師を持たぬ手探り川柳が一句また一句と積み上げられるのだが、この添削拒否、模倣拒否がいつのまにか「新子」を生み出したのであろう。

初期も現在もわたしの句作りには何の変化も見えない。泣きながら怒濤《どとう》の如く噴き出るものを句に書く。吐瀉《としゃ》の苦しさと爽快さは初期からのものであった。

〈『花の結び目』〉

2　湘南は、私のふりだしの地

宮内《みやうち》　寒弥《かんや》（本名　池上子郎）〔明治四十五（一九一二）～昭和五十八（一九八三）〕小説家

吉備郡真金村宮内（現、岡山市）で生まれる。父は、岡山県高松農学校（現、高松農業高校）に勤務。母の実家である御津郡御野村（後に牧石村）宿（現、岡山市）に移住。祖父母と共に少年時代を暮らす。大正八年四月、御野尋常高等小学校へ入学、大正十三年小学校五年生の時、再び父が樺太に転勤のため、一家をあげて移住、中学校時代は、北の地樺太で過ごした。

❶相州逗子は、私のふりだしの地

　相州逗子は、確か私は此所でこの世に生を享けたやうであった。さういふ意味では忘れられぬ土地である。しかし、逗子が如何なる土地であるか、物心がついてからまだ一度も行ったことがない。これに、別に理由はなく、湘南の地に絶えて久しく縁がなかったからのみであるが、（中略）なんだか生まれ故郷へ帰ったやうな気がして不思議でならず、（中略）私はやはり自分は逗子生まれにちがひない、とひとりできめてしまった。戸籍上の当然の原籍、そして現に家があって父母や妹たちの住んでいる備前岡山に帰っても、私はかつて故郷とかふるさとなどとかいふ感じ

〈『土地の名』〉

を受けたことは一度もない。

これは、寒弥が晩年書いた「土地の名」の冒頭の文章である。なぜ生まれ故郷を岡山にしなかったのか。それには父、石塚巳三郎が明治四十三年一月二十三日起きた「七里ケ浜遭難事件」の責任者の一人として深いつながりがあるのである。当然、寒弥の生い立ちはもちろん、彼の生涯を通して父を離しては語れない人生なのである。

○父と七里ケ浜遭難事件

〝真白き富士の嶺　緑の江ノ島　仰ぎ見るも　今は涙
帰らぬ十二の　雄々しきみ霊に　捧げまつる　胸と心〟

このように歌い継がれてきた追悼歌は、明治四十三年一月二十三日、神奈川県の逗子開成中学校のボートが遭難して十二人の若い命が失われた。犠牲者を悼んで作られた歌である。この事件の責任を取った一人の教師が、寒弥の父、石塚巳三郎である。

石塚は、寮の舎監をしていた。事件の日、転勤する同僚を見送って鎌倉に出かけていた。だが、逗子に帰り着くと悲報が待っていた。遭難者の中に寮生七人が含まれていたのである。その日は日曜日、生徒が無断でボートを漕ぎだしての遭難だったが、学校への風当たりが次第に強まった。自分への非難を感じ取った石塚は、合同慰霊祭の翌日、退職願を出して、大船駅から東海道線下りに乗った。事件の重み、失恋のほろ苦さにさいなまれながら、遭難生徒の慰霊のため四国巡礼を思い立った。岡山で降りて京橋から船で高松に渡った。四国遍路の道中、同宿の老人から「教職につくなら岡山県庁を訪ねてみなさい」と紹介状をもらった。これが縁で、岡山県高松農学校（現、高松農業高校）に赴任した。明治四十三年四月であった。その翌年二月、岡山の北西にある牧石《まきいし》村宿《しゅく》（現、岡山市北区）の農家の婿養子となり、旧姓「石塚」を「池上」と改姓して岡山県人となった。これで新聞記事の中に「石塚舎監」とか「石塚巳三郎教諭」とか書かれていた実姓が消えたのである。結婚した夫婦は、吉備津神社に近い宮内の農家の離れを借りて新居とした。翌、明治四十五年二月、男の子が生まれた。それが子郎（寒弥）である。寒弥の父は高松農学校に五年在職して、大正四年大供にある岡山高等女学校（後の一女。現、操山高校）に転勤した。そして一家は、宿の養家に帰った。

○岡山からの脱出

　婿養子となってから初めて養父母や義妹と同居する生活に入らなければならなかった父は、気詰まりな毎日を過ごした。農家が軒を並べている村里の中を中国鉄道が走っていたが、あいにく駅がないので汽車通勤ができない。やむなく往復六里（二四㎞）の道を徒歩で通勤した。そのことが無芸大食に輪をかける結果となり、養父に嗜められた。早速自転車を買って、自転車通勤を始めた。また、家付き娘の母は年と共に恐妻と化して行く。子供は、二男二女と四人の子供が二年おきに生まれていた。このような養子生活に音をあげた父は、突然「南樺太」の中学校へ単身赴任をするという離れ業を行って養父母や母を唖然とさせた。大正十一年の春のことである。

❷ふるさとは、次第に遠く…　―少年時代に悪夢を体験して―

○学校の帰り道で（小学校）　差別への不満

寒弥が牧石村の御野小学校四年生の時であった。生家は備前岡山藩の足軽から転業した農家だったために、族称が「士族」となっており、門札にも姓名の上に「士族」と書き込んであった。それが農家の子弟たちの反感をかったらしく、上級生や同級の一部の人から嫌がらせを受けていた。二月下旬のある寒い日の学校からの帰り道で起きた出来事であった。

父が誕生日のお祝いにと買ってくれた、当時は珍しかった半ズボンの学童服を履いて登校した帰りに、下校路で待ち伏せしていた上級生数人がいきなり襲いかかってきた。「足軽じゃけん、足が軽いはずじゃから足が浮くけん沈まんじゃろう」といいながら、手足を掴みあげて近くの畑の肥溜の中へ投げ込んだ。そのため、頭から落ちていってあわや窒息しそうになったのを、通りかかった旅商人にたすけられた。

〈『墓参』から要約〉

この家庭環境が、寒弥の屈折した心情をつくる一つの要因と言えるであろう。また彼の作品の底に流れる差別への反感や、特に戦後の作品にみられる農民の出にこだわり続ける主人公の造形も、この少年期の環境に根をもっているように考えられる。

❸父の足跡を追って

○文学の道に進みたい

やがて、樺太《カラフト》の大泊中学校を卒業した寒弥は、上京して早稲田大学英文科に進学した。父は、私立大学は官学出に対して官界では不利であることを理由になかなか進学を許可しなかったが、「卒業後は生家に帰って教職に着き長男としての義務を果たす」と誓って許しを得た。

そして、卒業したが、すでに一家が樺太から引き揚げて岡山へ帰っていた生家へは帰らなかった。生家から帰郷を促す電報と速達が矢の催促となって下宿に届いたが、電文も手紙も見ずに破り捨てた。

こうして親子関係が絶縁状態となりながら東京に残留して文学志望の生活に入ったのは、父から受けた残忍な仕打ちに対する復仇心が内攻して、未知の世界である文学に救いを求めるような成り行きになっていた。
○東京残留以来、四十年の歳月が流れ去った。この間に、祖父母が他界したために空家同然となっていた岡山の家に一家が引き揚げてきたのであった。兄の寒弥の犠牲となって長男の義務を代行していた弟の三郎が、二十六歳の若さで自殺した。寒弥は弟が自分の犠牲になったのだと思えた。そして、足下が崩れるような衝撃を覚えたと述べている。
その悲しみのために健康をそこねた母親が、戦後間もなく病没。教職を離れて静かに余生を送っていた父親も七十六歳の生涯を閉じた。

昭和十七年、寒弥一家は神奈川県藤沢市鵠沼へ転居した。寒弥は、晩年自分がこの世に生まれてきたのも、亡父が七里ケ浜遭難事件の責任者の一人であったことに端を発している。なぜ父は、その事件の責任者の一人にならなければならなかったのか。それを生きているうちに知っておきたいと考えた時、この『七里ヶ浜』を探ってみようと思い立ったのである。寒弥の後半生は、逗子周辺を住居として父の足跡を訪ねている。彼は次のように述べている。

「この小説を書いたのは、事件を調査して記録するのではなく責任者の一人であった亡父と、その息子である私が事件から受けた直接間接の影響を追跡調査して、人生の終末を迎えるための身辺整理とするためであった。」

〈『宮内寒弥小説集成』〉


この足跡を探って行くうちに、寒弥は亡父と七里ケ浜遭難事件に対して、胸の底で燃やし続けてきた怨みの火が、急に消滅していく思いがしたのである。

七里ヶ浜　遭難の碑

3　今のふるさとに帰るのは、イヤダ！

内田《うちだ》　百閒《ひゃっけん》（本名　栄造）〔明治二十二（一八八九）～昭和四十六（一九七一）〕小説家

備前岡山の古京町（現、岡山市中区古京町）で代々店を張っている造り酒屋、志保屋の一人息子として生まれた。跡取り娘の母は病身勝ちのため、お祖母ちゃん子としてわがままに育つ。明治二十八年環翠小学校、岡山高等小学校を経て岡山中学校、第六高等学校から東大文学部に入学。漱石門下に入り文学修行、特に随筆は高い人気があった。

❶まぼろしのふるさと岡山

『忘却来時道　〔忘却ス来時ノ道〕
十年帰不得』〔十年帰ルヲ得ザレバ〕

中国の詩人、寒山拾得の詩である。百閒はこの詩をことのほか気に入っていた。

「私の家は志保屋という造り酒屋で…」「古京で育ったので、子供の時はしょっちゅう後楽園へ…」「百間川の土手が眼に浮かぶ……」

など、彼の作品のページを開いただけで、ふるさとの記憶が自分の幼少期の体験とをからめて眼に飛び込んでくる。これは、彼の生涯を通じて片時も念頭を離れることがなった郷里岡山に寄せる真情そのもの、切々たる望郷の賦である。

ところが百閒は、「兎追いしかの山、小鮒釣りしかの川」以外は断乎拒否するという『自分だけの岡山』に固執する百閒流の考えを通しているのである。

「公会堂だの、医科大学だの、天満屋だのというものは、私の岡山に何の関係もない」

「私に取っては、今の現実よりも、記憶に残る古里のほうが大事である。見ない方がいいかも知れない」

見たくも聞きたくも、想像したくもなかったのである。あれだけ岡山にラブコールを送りながら、現実の岡山には決して足を向けようとしなかった。名作『阿房列車』で網走・鹿児島間

岡山城　旭川　後楽園

を四往復半、走行距離二万五千八百キロを旅行している百閒であるが、岡山はいつも素通りだった。そのくせ列車が百閒川の鉄橋を渡る時は、車窓におでこをくっつけるようにしてひたと凝視しながら胸をときめかしていたのだから、いかに古里を愛していたかがわかるであろう。

百閒が最後に岡山に帰郷したのは、昭和十七年に中学校の恩師、木畑竹三郎先生の葬儀に参列した時である。駅から桜ノ馬場の宅に伺い、待たしておいた車ですぐとんぼ返りで帰京している。

新しい岡山もなつかしく古い岡山も恋しいが、焼けてしまった後から考えて見れば、焼ける直前の岡山も私の知っている古い岡山もその実体が無くなった味は同じことである。昔の岡山は歳月の移り変わりでもとの姿を失い、そうして出来上がった新しい岡山は大きな焰《ほのお》の中に亦《また》姿を消した。私が岡山と呼んでいる所はただの記憶の町である。

〈『古里を思ふ』〉

百閒は、昭和四十六年、八十一歳で亡くなるまで、その後、岡山には帰ることがなかった。父祖の地、岡山国富瓶井の墓地に眠ったのは、実に二十九年ぶりの帰郷であった。

❷今のふるさとは、イヤダ！　―その原因をさぐると―

私は備前岡山古京町の志保屋と云う造り酒屋の一人息子である。

私が中学を出る前に家が傾き、父は病死して、酒倉も家屋敷も人手に渡ったが、子供の時に我儘《わがまま》勝手の仕放題で育ったことが禍《わざわい》をなして、後年飯も食えない様な貧乏をしたのであろうと思う

〈『たらちをの記』の冒頭〉

○家の没落と父の死

一人っ子の百閒は、甘やかされてわがまま放題に育った。生まれた年にちなんで牛の玩具を与えられたが、動かすおもちゃに退屈した少年は本物の牛をほしがった。その結果、屋敷内に牛小屋を建てて牛を飼うことになる。それでも直ぐ飽きてしまうのが、彼のくせである。

父の久吉もなかなかの事業家であれこれと商売に手を出し、一時は身代を倍ほどにした。それと同時に商業会議所の役をしたりして、いつも店を開けることが多かった。これが破滅のもとであった。その上店の番頭の遣い込みなどで、次第に経営が苦しくなってきた。

やがて酒税の滞納を密告され、あえなく志保屋はつぶれた。その年父も、失意のうちに病没した。時に、百閒は十七歳。中学三年生であった。一家は、空っぽの屋敷の中で借財を返しながら貧苦の生活を送っていった。しかし、貧乏の中でも大叔父　内田安吉などの援助で、六高から東京大学まで進むことができた。

大正二年、一家は東京へ転居するが、古里岡山に帰りたくない訳もこの青年期に受けた体験から想像できよう。

○イヤダカラ、イヤダ！

この名文句は、内田百閒が芸術院会員に推薦された時の彼が口にした辞退の理由の言葉とされている。

「イヤダカラ、イヤダ」は、いかにも彼らしい言い方である。常識的な世界からごく自然な逸脱。現実から遠く離れていないのだが、背後に漂っている幻想性。直裁な表現から推し量った人物が口にするぴったりとする言葉である。

当時、お弟子で、のち法政大学教授だった多田基は、昭和四十六年「小説新潮」の誌上「『イヤダカラ、イヤダ』のお使いをして」の中で、百閒のメモ通りの内容を次のように伝えている。

○格別ノオ計ラヒ誠ニ有難御座イマス
○皆サンノ投票ニ依ル御選定ノ由ニテ特ニ忝ク存ジマス
・サレドモ　○御辞退申シタイ
・ナゼカ　○芸術院ト云フ会ニ這入ルノガイヤナノデス
・ナゼイヤカ　○気ガ進マナイカラ
・ナゼ気ガ進マナイカ　○イヤダカラ
右ノ範囲内ノ繰リ返シダケデオスマセ下サイ

このメモの、ねじれて皮肉な味さえたたえた面白さはどうだろう。これこそが百閒である。誰も追随できない「頑固」そのものである。筋は通っている。けれどそれは幼児そのものであり、娑婆《しゃば》っけのなくなった老人である。それでいて意地悪なところもあり、吹けば飛ぶような無目的な明るい意地悪である

また、自宅の玄関に、「世の中に人の来るこそうれしけれとはいふもののお前ではなし」と、蜀山人の狂歌をもじった文句を張り出していた変わり者である。

「ふるさとは遠きにありて思うもの」明治の岡山こそ古里であって、胸中故郷をいとしむ心が、かえって岡山から足を遠のかせたのであろう。

その四　わが心のふるさと

郷　愁

坪田《つぼた》　譲治《じょうじ》（明治二十三（一八九〇）〜昭和五十七（一九八二））作家

譲治は、郷里岡山で生まれた。八歳で父を亡くしたが、母や祖父の元で兄弟五人と共にこの温かい和やかな家庭で、すくすくと少年時代を過ごした。幼い時から母親に育てられ、母を慕う気持ちが人一倍強かったようである。母子を描いた作品が多いのも自然の成り行きであると思う。

1「心の遠きところ　花静かなる田園あり」の詩碑建立

平成二十四年七月七日、坪田譲治生家跡に待望の心の詩碑が建立された。

譲治が生まれた明治から、大正・昭和・平成と四代にわたって世の中を静かに見守ってきた楠の大樹の下にどっしりと据えられた万成石は、重さ五トン余。碑文は、譲治がいつも心の中に描いていた『心の遠きところ花静かなる田園あり』の文字が刻まれている。譲治の文学碑は全国に三カ所しか無いが、この碑文にぴったりとした言葉であり、譲治の心が安まるのにふさわしい場所であると思う。

心の碑石の裏には、ふるさと（特に生家をとりまく島田の風景）と、幼い時に遊んでいた自分の姿を描いた文章を碑板に掲げている。

私の心のふるさとは　石井村島田です。

ここ島田は、田園の中の小さな村でした。家数二十戸にみたないほとんど藁葺きでどこの家でも柿の木が幹や枝を曲がりくねらせ寒山拾得の姿で立っていました。その田園風景の中に一人の小さな子どもがいて、蝉を捕ったりフナをとったりカニ網をすいたりする様子が見えます。

これは善太でも三平でもありませ

くすの木を囲んで

ん。実は私の幼き日の姿です。

〈『坪田譲治全集』⑩あとがき〉

碑石は生家から近い少年期に遊んでいた万成山のみかげ石である。

2　作家への道

昭和四年、譲治は生活難から妻子を東京に残して単身で兄の経営する島田製織所に勤めた。

岡山では、かつての会社の経営も思わしくなく苦しい歩みであった。その翌年、兄は突然亡くなり母も亡くなる最悪の年であった。その上総会の席で取締役を解任された。かくて、石をもて追われるごとく郷土岡山を去った譲治は、即刻妻子のいる東京へ発った。四十三歳、夏の出来事である。

故郷を追われるようにして東京に帰った譲治は、文学活動に専念できるようになったが、それはまた貧乏の世界に舞い戻った。鈴木三重吉の「赤い鳥」に投稿して得る僅かな収入で、一家の生活を支えていた。

秋も終わりに近いある日。譲治は、はっと気がついた。

私は、作品の上では生活を避けていた。それでは人の心を打つことはできない今まで子どもの生活を書いてきたのは、現実生活の上に立った「あこがれ」と「郷愁」であり理想追求でもあった。

自分の実際生活の血が滲み出ていないことに気づいた彼は、善太と三平を主人公にして自分の会社での体験を生かすことを考えた

〈『小説　坪田譲治〉


そして出来上がったのが『お化けの世界』である。山本有三の紹介によって、初めて世に出た作品である。文学の上でも生活の上でも、人間はギリギリの限界に追い込まれた時、初めて「自分」を発見する。

「名作は逆境の中で生まれる。作家には生活上のマイナスが、逆に作品の上でプラスになっている。」苦節二十年―これを機に文壇にデビュー、時に四十六歳であった。

3　名作の舞台は、ふるさとの山河

「私の心の中にある強いイメージは、わがふるさと岡山である。」

年を取るに従って、わが故郷はいよいよ鮮やかに浮かび上がってくるように思われます。心の中の村の生活は、かけがえのないものにおもえてくるのであります。

…そして、白雲の行き交う村の眺めは、幸福であった明治時代の郷里が、理想郷、桃源郷として甦ってくるのです

〈『坪田譲治全集⑩あとがき〉

このように譲治は、ふるさとを絶えず心に描いて創作している。三部作といわれる作品について、「ここが作品の舞台であろう」と推測して図示してみると、次の場所が浮かんで来る。

・お化けの世界〔石井小学校・金山・島田の生家周辺の小川〕
・風の中の子供〔牧石付近と旭川の河原・金川の天満（伊丹家周辺、天満川・坪田生家）〕
・子供の四季〔牧石牧場跡・万成山・坪田本家・生家周辺〕

前者三人の生き様に比べ、譲治は幼年時代に父は居なかったけれど母や兄弟祖父母の元で温かく育っている。その温もりが中年になり苦節の時期を迎えても、それを乗り越える力になっているのであろう。

故郷をこよなく愛した人間譲治に育ったのも、いかに幼少年期の環境が大切であるかが伺い知れるである。

転機

第二の章　文学への芽生え

作家への登竜門

転機は人生をつくる最大の一瞬である

人生の岐路

明治時代には〝詩を作るより田を作れ〟の言葉があり、文学では食っていけぬものと決まっていた。それでも全国で優秀な投稿家が最も多く群がり集まっていたという「文章世界」でも、没書になるものの数も入れて、みんなで三百を越えぬということであった。

文士になる道は、いろいろあった。木村毅の「私の文学回顧録」によると、次の様に記されている。

①赤門（東大）・早稲田出身が最も多い。
②新聞記者あがり……中村春雨・大倉桃郎
③懸賞出（新聞連載の懸賞小説から）……吉屋信子
④同人雑誌出
⑤投書家あがり……中村武羅夫・加藤武雄・木村毅・広津和郎

当時、早稲田大学は日本一の私立大学で、ことに日本最初の純文学文科を創設して、文科をもって天下に鳴り、多くの優秀な文人を、輩出していた。

1　文学から作陶の世界へ

藤原《ふじわら》　啓《けい》　〔明治三十二（一八九九）～昭和五十八（一九八三）〕陶芸家

四十歳で陶芸の世界に入り人間国宝（重要無形文化財保持者）として備前焼の最高峰まで登り詰めた明治の男。若い時には文学にあこがれ、雑誌の編集をしたり小説や詩を書いたりしていた一介の文学浪人が、熟年から一念発起して未知の世界に挑戦し独自の世界を切り拓く。そして遂に日本陶芸を代表する〝巨匠〟の一人になり得た波瀾にあふれた人生の持ち主の物語である。

❶文学にあこがれて

○投稿少年

片上湾が目の前に広がる和気郡伊里村穂浪（現、備前市穂浪）の農家の三男坊に生まれた。伊里小学校の三年生の時「少年世界」の懸賞俳句に応募して一等に入賞した。

〝名月やさおさしかねて流す舟〟夕暮れの美しい詩情をただよわす美しい片上湾の景色をまとめた、ものであった。当時文学にあこがれた少年達の楽しみは、少年雑誌に投稿して賞金を当てるのが唯一の楽しみだった。

○七人の侍

閑谷中学校に入ると雑誌への投稿が盛んになるばかりで主に詩ばかりであったが、啓にとっては文学への本格スタートであった中学校では、志をおなじくする文学の友人ができたこともプラスであった。

いろいろな雑誌への投稿で知り合った連中で七人のグループが集まった。鹿児島の鮫島麟太郎、津山の片岡鉄平、赤穂の平田晋作、秋田の七海白波、金沢の島田清次郎、明石の津村京村の同士だった。啓が先頭に立って同人誌をつくり、年に四回出していた。

○文学修行　家出して上京へ

中学を卒業するころには、同郷の正宗白鳥が東京で目覚ましい活躍しているのにも刺激され、啓の胸中にはなんとしても東京へ行きたい思いが膨らんできた。しかし、父は上京に反対でとうとう押し切られ、地元の伊部小学校の代用教員として勤めることになった。彼は、いつも辞表を懐にして折りあらばこの生活から抜け出したい毎日であった。そんな時、彼は教員室に架けられていた訓導、準訓導、代用教員の名札に差別を感じ、校長に辞表を叩き付けて学校を辞め、そのまま家に帰らず友達に十円借りて神戸に居た賀川豊彦の所へ家出した。

大阪での暮しは仕事がはげしくて肉体労働だったので辞めて上京し、東京の博文館の「文章世界」の編集を手伝うことになった。当時の「文章世界」は文壇の登竜門的な雑誌だったので、やっと雑誌記者になることが出来たのである。

そこで啓は、正宗自鳥から坪内逍遥を紹介され、早稲田大学英文科の聴講生になることが出来た。ここでは生活費を稼ぐために。早稲田の制服でバナナの叩き売りよろしく〝ふんどしの叩き売り〟をして稼いだ。この商売は半年も続けただろうか、彼の東京生活の中で一番思い出に残る出来事だったと語っている。

こうして東京での生活は多くの友人や知己《ちき》を得て、今日の藤原啓という人物が形成されたのである

○処女詩集『夕の哀しみ』を出版

大正十一年五月。二十三歳の敬二は、書き貯めていた詩三十一編を選び詩集を出版した。『夕の哀しみ』不二原敬二著その一つ「丘の夕」から、

夏の夕に眼を伏せて　　君と別れし日を思ふ
ひとり寂しくつゆ草の　　丘を下ればそことなく
夕の葉波さやさやと　　見えてかくれてうつつなし

この詩は、郷里の町で恋に落ちた女性を想い東京で独り寂しく失恋の悲しみを詠ったもので、若き日の啓の多情な詩心を伺わせる作品である。師の西条八十からは、「詩も甘いが彼の純情さには心打たれる。高村光太郎氏が凄くほめておられたが、読んでいてまことにりんごのように甘酸っぱく、そして爽やかな味だ。」と評している。この頃、近代芸術派初期の文学流派として有名な作家達、川端康成・横溝利一・中河与一・今東光・片岡鉄兵ら新感覚派の連中と交友が出来、文学を語り合いながら浅草を根拠にしてよく遊んでいた。

また、大正十二、三年頃は日本の社会主義運動が急速に盛り上がった時代だった。早稲田の安部磯雄先生を通じて門下の片山哲・河上丈太郎・水谷長三郎等とも親交を重ねるようになり、荒畑寒村とも知りって社会主義の洗礼を受けることもあった。神田の青年会館で演説をしては、何回も警察にぶち込まれたこともあったが、これも束の間、社会主義も百八十度転換して博文館で編集の仕事を続けていた。

❷〝土〟との出会い　―筆が土に変った―

再び雑誌記者になった啓は、三十二歳の時思いきってフリーになった。籍は博文館において、原稿を書いたり山陽新報に寄稿したり詩や新聞小説を書いて東京と岡山の間を往復する生活が続いていた。ところが、ふとしたきっかけで啓の人生が変ったのである。ある日、よく遊びに来る正宗敦夫（白鳥の弟）さんから、「こんな田舎でブラブラしていては退屈で仕方が無いだろう、暇つぶしにわしと窯でもついて土ひねりをやってみんか」と……。退屈しのぎの遊び半分という気持ちで窯を築くことになったのである。

すでに転向はしていた私ですが、気持ちはどうも落ち着きません。社会の矛盾や自己の矛盾に気づいて悩みました。結局そんな精神的に安定しない状態が続くため、私は一種のノイローゼにかかってしまいました。今までは考えてもみなかった備前焼の世界に足を突っ込むことになったのです。（中略）三十年前にめぐりあった備前の土は、私の人生のほんとうの意味の救世主だったということだけははっきり言えます

〈『歳月の記』〉

昭和十三年八月、素人ばかりの友人と窯を築いてスタートをした。その時の感触をまつわりつくようなやわらかい、それでいて、ずしりと重たい土の感触に心を奪われていた。（中略）ふしぎな土の感触であった。丸く固めた土を初めてロクロに

かけた時、それが手さばきに応じて、丸い筒になったり、くびれたり、千変万化していく造形の妙に、われを忘れるような興奮を覚えた。

それは、神戸、京都、そして東京と、長い放浪の旅の中で、必死に追い求めていたまさしく〝何か〟であった。（中略）自分の手で、自分の力で、独自の新しいものを創造し、表現する確かな喜びのようなものであったに違いない。後年、啓が口ぐせのように言う〝筆が土に変わっただけ〟という言葉が、それを裏付けている。

〈『備前　藤原啓』〉

生　家

啓の心を強く支えそして温かく包んで生き甲斐を感じさせたこの土によって、多情多恨落第の人生が救われたと語っている。そして、窯場で土をこねロクロを回すうちに、文学への執念がふっきれ、焼物という未知の世界にのめり込んでいくのであった。

❸〝土と炎〟に生きる人生

歳月は流れ昭和三十年金重陶陽、荒川豊蔵等によって国の重要無形文化財に認定され、日本工芸会が設立される。啓も陶陽を助けて三十三年、理事として名実共に備前焼を代表する顔となる。

啓の作品は、次第に評価を高めていく。

備前焼の真髄に迫り名実共に巨匠の地位を築いた啓自身は、作陶について次のように話している。

　文字で言やあ、俳句が一番難しい。俳句は五七五で、感情を入れようとしても入るまい。小説は備前焼で言えば、ヘラを入れたり耳を付けたりしてごまかしがきく。絵なら墨絵が難しいな。簡単なようで、墨の濃淡だけやから。その点、洋画はペンキ屋や。間違ったらその上に塗りよる。焼物も、文字も絵も、極限までいけば、簡単というか簡素というか、その表現が難しいな

〈『備前　藤原啓』〉

未完成の美を求めて…

八十二歳の巨匠 啓 の前に立ちはだかるおおきな壁。その壁に向かって求道者のように模索を続けていく。

2　作家となる転機

吉川《よしかわ》　英治《えいじ》（本名　英次）〔明治二十五（一八九二）～昭和三十七（一九六二）〕小説家

神奈川県久良岐郡中村（現、横浜市）に生まれる。父は学塾を開いたり横浜桟橋会社を経営していて生活は裕福であったが、大酒と豪遊に母は苦労していた。しかし、家庭は幸福な幼年時代であった。十一歳の時、父が会社経営でつまずき家運は急に没落。吉川少年も家計を助けるため、高等小学校を中退。印章店の小僧をふりだしに、植字工、税務署の給仕、行商など、各種の職を転々とする波瀾の少年時代の幕開けとなった。

❶「私の人生には、転機が三度あった」〈『草思堂随筆』〉

○第一の転機（十九歳）

十八歳の時、横浜ドックの船具工になる。翌年の明治四十三年十一月作業中足場もろともに転落。仮死状態となる。病院のベットにいる間に、昼夜の黙想と人生の聖書を与えてくれた。一ヶ月後に退院。これを契機に苦学するために上京した。

上京後、職工生活・徒弟奉公をして家計を支えながら川柳を嗜み文芸に志した。大正七年、父が死去。大正十年には母イクが亡くなった。その年、東京毎夕新聞社に入社。

時に三十歳であった。

○第二の転機（三十二歳）　関東大震災に遭う

そこで最初の妻「赤沢やす」と知り合い、二人は結婚して駒込千駄木町に住んでいた。当時、英治は編集局の一員であった。炎に包まれた社に踏みとどまって最後に残ったのは、営業部長の矢野正世と二人だった。

震災によって新聞社が潰れたため、英治は、この時ようやく作家になる決意をした。作家として一本立ちする自信はなかったが、講談社の中島民千に激励されて角間温泉にこもり小説の原稿を本社に届けた。

英治の文壇登場にあたってもう一つ見逃せないのは、大正十四年一月に講談社から創刊された「キング」に『剣難女難』を執筆連載したことであった。

大正二年、講談社は新聞記者や筆の立つ編集部員を動員して書き下ろしの講談を載せる事にした文芸スタイルが登場した。これが大衆文学の基盤となったのである。

彗星のようにあらわれた吉川英治は、大衆文壇の寵児として扱われ、当時の「大阪毎日新聞」紙上に『鳴門秘帖』が執筆連載された。時に英治は三十四歳、三百五十四回にわたって連載され大好評であった。こうして大金が英治の手元に入ったが、そのため家庭内が却《かえ》って不幸の兆しがあらわれることになった。

○第三の転機（三十八歳）　家庭の危機―家出して放浪生活

この大金を前にした時、英治はついさっきまで力を合わせて生きてきた二人が、いつの間にか遠い存在になっていたのを自覚せざるを得なかった。まだ名も無く貧しかった若き日の英治を支えてきたやすは、文字通り糟糠《そうこう》の妻であったが、今や一流の人気作家に急成長したことが理解できなかった。英治は、ますます自信を持って作家生活に没頭していくのに、やすは昔ながらに取り残されていく。そのあげくやすのヒステリーは一段と嵩じていく。

英治は、来るべき破滅を未然に防ぐために印税全部を落合の新居に遣い果たし、同時に「園子」という養女をもらって育て、やすに母として愛と苦労を経験させ新生活を築こうと努力した。

しかしかねて恐れていたことが遂に起こった。編集者に追いかけられ原稿に迫れっぱなしの英治をよそに、やすは、昔の芸者時代の役者の女房などと遊び呆け、英治の面倒をみようとはしなかった。これが当時の吉川家の姿であった。

とにかく私の気持ちは、家庭にあっては原稿が書けなくなった。ある雑誌の締切日と妻の無理解な興奮とがほとんど私を挟んで、両方から行き詰まってしまった。その晩、私はペンを懐に入れて庭下駄を履いたまま家を去って、それから一年、原稿紙を旅途に持ち歩いたまま家へ帰らなかった。

〈『草思堂随筆』「人生の転機」〉

こうして夏が過ぎ秋となり、やがて木枯らしの吹く頃、自宅に戻った。そして、やっと世間の弁明に答えて婦人公論に「人生の転機」を発表した。英治は、自分の人生を振り返ってみた時、「前の二つの転機は、投げられた運命に従ったにすぎないが、今度の家出事件は自分が求めて作ったものである」と述べている。

転機は、私にも妻にも少なからぬ修養と教訓を垂れた。

❷作家としての人間「英治」（もう一つの転機）
―『宮本武蔵』にみる作者の投影―

英治は、しばらくは平穏に過ごしていたが自宅は安住の地ではなかった。やすは仕事の邪魔をしない代わりに家事をかまってくれなかった。そこで、英治は二人に柴又の家を借りてやり、別居する事にした。

そんなある日、英治は銀座のある料亭で池田文子を知った。初々しく清純さながらの容姿にひかれ、次第に一つの愛へと進んでいった。

昭和十二年八月、やすと離婚が成立した英治は、その年の暮れ池田文子と新しい人生へ出発した。文子夫人を迎えての吉川家の家庭生活は一変した。初々しい夫人—つねに控え目で万事細やかな心配りをする優しい妻であった。

英治は『宮本武蔵』の中の「お通さん」を、初めは香炉の灰のように冷たくて寂しい女性に仕立てているが、このお通さんを燃え上がらせ自分の描く女性像に育てている。また、『親鸞』の中の玉日姫となって活躍させせ、文中で「自

横浜港ドッグ跡
現・日本丸メモリアム

分にとって妻こそは、如意輪観音菩薩である」と述べている。どちらも池田文子の姿そのままが投影されていて、それ以前は、決して書かれていない言葉であった。

英治は『小説宮本武蔵』について、「若き武蔵は、自分の投影像である」そして「武蔵は、愛情に飢えている一人の青年を描いたつもりです」と語っている。大成した哲人宮本武蔵を書くのではなく、それに至るまでの克己と求道に生きる若き日の武蔵を書いているのである。それは又、逆境にあって希望を失わず歩んできた英治の若き日の姿と重ねて創作した作品であることが伺われる。

小説を書くことは題材の如何にかかわらず自己を書いていることに帰着するのです。また読者側から言えば、小説とは小説中の筋や人物を読むものと思っているが、実は読者は小説を借りて自分自身を読んでいるものなのです。

〈『折々の記』〉

こうして吉川英治大衆文学の出世作『宮本武蔵』が誕生したのである。

漂白激流

第三の章　さすらいの旅を行く

放浪漂白

傷心の想いを抱いて　哀憐夢幻

1　幾山河越え去りゆかば

若山《わかやま》　牧水《ぼくすい》（本名　繁）〔明治十八（一八八五）〜昭和三（一九二八）〕歌人

宮崎県東臼杵郡東郷村に生まれる。愛する母の名と故郷の美しい山水をあわせて「牧水」と号した。延岡中学校時代から歌を作り、卒業すると早稲田大学に進み、歌では尾上柴舟の門下となった。明治三十八年秋から英文科本科生となり級友達と小説の批評や研究をはじめた。その中で牧水の心捉えたのは国木田独歩の『武蔵野』だった。学校の近くの武蔵野を友人とよく歩いた牧水は、次第に自然の対する目が開かれていった。自然歌人牧水を育て旅人牧水を産んだのは、この武蔵野だった。

❶園田小枝子との出会い　青春時代

牧水は、ひそかに作家を夢見て短篇を書いていたが。尾上柴舟門下の車前草社の一員として雑誌「新声」に歌を載せていた。それと時を同じくして始まったのが、園田小枝子という女性との恋愛だった。

彼女は実に複雑怪奇な運命に弄ばれた不幸な女で、既に結婚の経験があり二人の子供まであった。それが胸を病んで療養生活をした後、家を捨てて上京し、牧水の前に現れたのだ。若くて純情な牧水は、そんな事情は全く知らないまま、すっかり彼女の美しさに魅了されてしまったのである。それは誠に不幸な運命的な出会いであった。

牧水の作歌期間を分けると、初期（青春時代）、中期（結婚前後から東京生活）、後期（沼津時代）に分けることができる。この「幾山河」の詩は、牧水初期歌風の開花を告げる極めて重要な一首であると、牧水研究家である大悟法利雄は語っている。

牧水にとって恋愛と言えるのは、小枝子に対するものがただ一回であると思う。ひたむきに愛し

牧水、喜志子、旅人三人の歌碑

て若き生命を燃やし尽くした牧水―。ここでは、牧水の代表作とも言える幾山河の歌が創られた青春時代のエピソードを語ろう。

❷愛ひとすじに生きる青春の詩　旅で綴る恋の歌

○幾山河《いくやまかわ》越《こ》えさり行かば寂しさの　はてなむ国ぞけふも旅ゆく

明治四十年六月（二十二歳）

早稲田大学の学生だった牧水は、数日前に暑中休暇に入ったので、二十二日帰省の途についた、郷里は日向（宮崎県）であったが、ひとり中国路を廻って帰京することになった。彼にとっては初めての一人旅であり、これは歌の上でも生涯でも記念すべき旅となった。

六月二十九日、岡山に着いた牧水は、翌日新しい草鞋で足取りも軽く中国路へ出発した。湛井間では中国鉄道を利用し高梁川に沿って北上。途中、高梁・新見に泊まった。そこからは苦坂峠《にがさか》を越えて二本松峠の茶店「熊谷屋」に泊まったと推定される。その宿から友人、有本芳水に出した二首のうちの一つが「幾山河」の歌である

この歌からくる印象は、孤独感寂寥感を歌っていてもその調べは爽やかで美しい。それともう一つ、どこかしら恋愛的な情緒が感じられるのである。牧水はこの旅に出る直

前に園田小枝子と武蔵野を歩いている。また、この旅の中で明らかに彼女とわかる愛の歌を作っているのである。

○ただ恋しうらみ怒りは影もなし暮れて旅籠の欄に倚るとき

この歌は、七月九日、二本松峠から宮島に行き厳島神社に参った後、関門海峡を渡り耶馬渓の羅漢寺に近い山国屋旅館で泊まった時の作である。

この小さな旅籠の古びた手すりに寄りかかって暗なった戸外を眺めていると、恨みや腹立ちなどすっかり消えて、たまらないほどの恋しさが溢れてくる。そのやるせなさが出ており若々しい甘美な気分が溢れ出ている。

熊谷屋

○白鳥はかなしからずや空の青海のあをにも染まずただよふ

明治四十年

この歌は「幾山河」の歌と同じ頃の作である。澄み渡った空、凪ぎわたった海。その中に大きな翼を拡げたまま高く低く漂っている鴎。その哀しさは、天地の間にただひとり生きる人間の孤独感に根ざしている。白鳥は作者自身であり、青春の息吹と悲哀に充ちたこの歌をなんともいえない甘美なものにしているのである。

○山ねむる山のふもとに海ねむるかなしき春の国を旅ゆく

明治四十一年早春（二十二歳）

○山を見よ山に日は照る海を見よ海に日は照るいざ唇を君

千葉県外房州　根本海岸

明治四十年、暑中休暇を終えて上京した牧水と小枝子との恋愛は急速に進んだ。そして十二月の末、房総半島の南端に近い根本海岸へ出かけた時は、小枝子も一緒だった。真冬でも菜の花が咲く暖かい海岸で、恋人と滞在して新年を迎える。「山眠る」も「海眠るも、どちらも霞んで静かに穏やかに見える状態であろう。

初めて恋人とともに自由な世界へ解放されたという歓喜の叫びである。

○摘みてはすて摘みてはすてし野のはなの我等があとにとほく続きぬ

明治四十一年五月

これは、根本海岸から帰ってまもない頃の作で、小枝子と共に武蔵野にある静かな庭園百草園へ出かけた時の歌である。愛しあった若い二人が人影も見えぬ武蔵野の丘の野道を歩きながら、半ば無意識に手に触れる花を摘んでいる姿である。この頃の牧水は、すっかり結婚するつもりになっていた一番華やかな時代であったが、これは牧水が幸福に酔っていられた最後の歌であった。

明治四十一年七月五日、牧水は早稲田大学を卒業した。そして十二月の末、近くの牛込区若松町に小さな家を借りた、それは同時に新婚の家になるはずだった。しかし、大きな秘密をもつ小枝子はそれを受け入れることは出来なかった。人妻であり、しかも二人の子供まである身である。牧水がいくら真剣に迫ろうとも、同棲と結婚だけは絶対に拒否せねばならない。しかし、その理由を話す事が出来ない小枝子は、いつもうろたえながらなんとかごまかして逃げていたのだった。純情そのもので疑うことを知らず、結婚を申し込めば即座に承諾を得られると思っていた牧水にとって、そういう彼女の態度は不可解であった。

貧窮と焦燥と苦悶のうちに明治四十二年を迎えた牧水は、懊悩の末独り房州海岸へ出かけた。傷心の胸を抱きながら思い出の海岸を歩いて過ぎし夢を追った。そして四十一年後半から翌年の四十三年にかけて、小枝子との恋愛は泥沼に陥りあがけばあがくほど深みに落ちて行くばかりだった。

なんとかして泥沼から抜け出したいと思う牧水は、しばらく東京の生活を離れ旅に出てみようと思い、九月二日。長野県小諸の田村病院に落ち着いた。

この病院の医師、岩崎樫郎は門下生であり彼の紹介でここを訪ねたのであった。

○かたはらに秋ぐさの花かたるらくほろびしものはなつかしきかな

明治四十三年秋　信州小諸

牧水は、恋に破れ漂白の旅に出て敗残の身を浅間山麓の秋草のなかに横たえている。ふと気がつくとすぐ傍らに小さな可憐な秋草の花が咲いている。じっとみていると、その花はほろび去った苦しい恋の思い出を語っているように思う。その秋草の花の言葉が若い歌人牧水自身の声なのである。なんともいえない哀愁がしみじみと胸をひたしてくる。

○白玉の歯にしみとほる秋の夜の酒はしずかに飲むべかりけり

明治四十三年秋　小諸・田村病院二階

うらぶれはてた漂白の旅の一夜をひとり静かに酌む酒の味。それは歯にしみとおりはらわたにしみわたるような感じがして、疲れきった身体にも心にもようやく生気がよみがえり、瞳が輝いてくる。「白玉の」は歯の形容で、枕詞に近くこの歌の調子を美しくするのに流麗清澄で牧水独特の声調をもった一首である。

（小枝子の訪問によって、十一月東京に帰り、牛込区飯田海岸に住む。収入も無く治療費も下宿料も支払い困難。小枝子とも縁が切れて郷里へ帰った。転々とさまよう悲惨な暮しが続いた）

○はじめより苦しきことに尽きたりし恋はいつしか終らむとする

明治四十四年　飯田海岸

○若き日をささげつくして嘆きしはこのありなしの恋なりしかな

五年間にわたりながら同棲することのなかった哀れな恋であり、若き日を捧げ尽くした夢であった。

牧水の初期の歌「海の声」「独り歌える」「別離」「路上」が恋愛歌集であるとすれば、小枝子との恋愛は牧水の後年の人間形成に大きく影響していると思う。

後期の「山桜の歌」［黒土］［黒髪］の沼津時代では、中期の作に現れていた懐疑・不安・焦燥・自嘲が影をひそめ、静かに落ち着いた安定感が出来ている。やっと不幸な恋愛から受けた痛手がようやく癒えたのだろう。

〈『幾山河越えさり行かば』〉

2　月見草の女　―疾風怒濤の生涯―

田岡《たおか》　嶺雲《れいうん》（本名　佐代治）〔明治三（一八七〇）～大正元（一九一二）〕新聞記者・批評家

高知県土佐郡井口村（現、高知市）に生まれる。幼少の時から発育が悪く、三歳になっても立って歩けなかったという。しかし、体の発達は遅れていても十歳の頃にには、新聞を読んでいたという嶺雲であった。早熟で学問好きの彼は、同時期に漢籍の手ほどき受け英語まで習っていた。そして貸本屋に出入りしては、十三歳までには軍書から通俗小説や人情本まで読んで「大人の世界」まで入り込んでいた。嶺雲は十一歳くらいで小学校を退学。出来たばかりの立志社系の共立学校に入り一年ほど過ごした後大阪へ遊学するが、このとき受けた自由民権運動運動の洗礼は、後の生き方にも大きく影響していく。

❶青雲の志を抱いて

嶺雲は、大阪の官立中学校に入学した。寄宿舎生活をしながら通学した。十五歳になった時、制度改革で寄宿舎生活の自由はがらりと変わり束縛を受けるようになり学生の不満が爆発した。反発心旺盛な嶺雲はその中心だったらしい。外出禁止を科せられ自由に活動できなかった。それが災いしてか三年生の時、重傷の胃腸病にかかり、学業中途にして帰省したまま入院となった。入院中、父に死別。そのまま退学した「病と闘いながら勉強したい」嶺雲は病が回復に向かうと共に向学心に再び燃えて、東京行きを決意する。そして明治二十三年一月、十九歳の彼は、「水産伝習所」(東京水産大の前身)へ入学。ついに上京して志を果たした。彼はそこでの一年半、内村鑑三と出会い、「偽君子となるな」という言葉が強烈に印象に残ったと述べている。

嶺雲は水産伝習所を卒業した後、東京帝国大学漢文科選科に入学した

❷運命の出会い　―津山の恋―

「作州に来ないか」と、打診を受けたのは津山尋常中学校(津山高校の前身)の校長、菊池謙二郎である。同中学校は前年創立されたばかりだったので、その基盤づくりをねらって全国から有能な教師を集めようと計った。その一人に嶺雲を漢文教師として選んだのだった。嶺雲は、文才を発揮し始めるが筆一本ですぐ食べられるほど甘い世界ではなかった。長兄の庇護の下に居続けるやましさも手伝って、津山行きを決意するのだった。文字通り都落ちの心境を抱えてやってきたのは、明治二十九年五月、二十五歳の時だった。

津山は、山の峡に打棄られたやうな置忘れられたやうな町である。その南を流れる津山川の瀬音の外には、巡り囲む山の沈黙に封じられて物の響きもせぬやうな町である。黒ずんだ家並の古び、街の上の疎らな人通り、殊に士族町の崩れた石垣、

傾いた門柱、歯抜け歯抜けの屋敷跡に茫々と草の茂れる、いずれにも老衰と廃頽《はいたい》とを想はせる町である。

彼にとっての津山は、好きでもない教師になっていつまで耐えられるか。暗たんたる気分に包まれた。そんな時、同僚の俳人大谷是空が憂晴らしに嶺雲を料亭に連れ出した。津山市大手町の「対鶴楼」である。そこには生涯忘れられなくなる人物との出会いが待ち受けていたのだった。

その後、学校の帰りに大谷は嶺雲と示し合わせては、しばしば対鶴楼へ登った。酒食に溺れる放縦な生活に馴れた嶺雲は、憂さ晴らしに一人で通い始める。そしてこの地で初めて心から愛する女性を見出した。

それは、「夢のやうに果敢ない光りを頼りに生きる月見草のやうな女であった。」

〈『数奇伝』〉

大雄寺境内にある嶺雲庵

恋人の本名は大磯カツと言い、妓楼の抱え芸者であった。彼女は互いに配偶者のある男女の間に罪の子として生まれ、真の父の家の養女としてひきとられた。継母と姉の居る複雑な家庭の中で育ち、ついに身を黄金の犠牲とする残酷な命令に強制せられて媚を売る不幸な女となった。

運命はこの不幸な女性と嶺雲を結びつけたのである。

女には、前々からいきさつのある男もいた。一つにはその男に対する遠慮から、一つには嶺雲の教師という身分をはばかって二人は町外れの津山川に臨む静かな旗亭でひそかに逢う瀬を楽しんだ。それが「可月亭」である。この二階六畳の間が二人の忍び逢いの場だった。

津山市西寺町の一角に「大雄寺」がある。その境内に「嶺雲庵」なるものがある。実はそれが「可月亭」である。三十年ほど前の事、木村宗純住職が譲り受けて大雄寺へ移築して「嶺雲庵」と命名し保存に努めている。(現存)

女の母は二人の会合を妨げた。その一方でカツに別の金づるを強いてきた。カツは義理ある養母の意向ににたじろいたが、嶺雲は義憤を感じて恋の炎をさらに燃え上がらせた。二人は養母に気付かれないように、場所を変えては頻繁に逢うようになった。てきめん嶺雲は金に窮した。料理屋の主人から口汚くののしられても、憤りを押さえて言うに任せねばならなかった。そこへ不摂生がたたって血痰が出た。カツは身ごもった。嶺雲の行状は学校の耳にも入って立場も苦しくなり、明治三十年ついに学校に辞表を出し湯郷温泉に身を避けた。

女は嶺雲の子を宿していた。この時、さる豪富の男がそのことを承知の上で身請けしたのである嶺雲は失望のどん底に突き落とされた。女は剃刀《かみそり》で咽を突こうとして号泣したため人に支えられて失敗した。女の母からいきさつを聞いた嶺雲は、悽愴の感に打たれてしばらく言うところを知らなかった。

カツの苦しみ、真意が分かったのか、嶺雲は別れて津山を去る決意をした。

数日の後、嶺雲はこの世の人とも見えぬ青白い顔を見納めとして津山を去るべく河畔の船着き場に立った。恋に破れ、再び功名に生きようとする彼を乗せて舟は急流を下って行った。

その翌年三月、カツは男の子を産んだ。「良一」と名付けられた。それを知らせる手紙が東京にいる嶺雲の下に届けられた。

その末尾に、次のような文がしたためられていた。

「開けやすき夜をその声に恨みし長法寺の暁の鐘を、添乳の枕に悲しく聞き候」

〈『数奇伝』〉

嶺雲の生前、ついに父子の名乗りをすることは許されなかったが、嶺雲が死んだ大正元年、良一が中学生となった十四歳の時、霊前において初めて親子であることを知らされた。津山で別れてから十一年ぶり、再会からわずか十日後に息を引取った。良一は、その後「田岡」姓を名乗り岡山第六高等学校から京都大に進んだ。その一粒種とは、京都大学で国際法の権威として名をなした名誉教授「田岡良一」その人である。

❸再び岡山へ　―ジャーナリストの道まっしぐら―

明治三十年一月、津山を離れた嶺雲が再び岡山の地へ来るまで三年の月日が流れる。嶺雲は、東京に帰ってまもなく中国で北清事変が始まったので、「九州日報」の従軍記者として上海に渡った。戦争を我が目で確かめるまたとないチャンスだと踏んで応募したのであった。

それから帰国後、三十三年、中国民報の創始者「坂本金弥」に招かれて、主筆として来岡する。放浪生活から定職生活を続けることになった岡山は、彼が一番反骨精神を発揮する活躍の場であった。その間徹底して教科書疑惑を追求したり、下獄の憂き目にあったりした四年間であった。

嶺雲は、明治三十七年秋、退社した。その時に際しての別れ言葉は、

読者に告別す

県下に在りしとそのかつて津山に在りし日を合して、前後七年に近く

岡山県はわが生涯中における第二の故郷といふも不可なし

〈『数奇伝』〉

3　波瀾万丈　―新興俳句の旗手―

西東《さいとう》　三鬼《さんき》（本名　斎藤　敬直）〔明治三十三（一九〇〇）～昭和三十七（一九六二）〕俳人

岡山県苫田郡津山町南新座（現、津山市）に生まれる。父、敬止は苫田視学をした教育者であったが、彼が五歳のとき胃癌のため死去した。三鬼は、長兄と十九歳違いで少年時代は母と二人暮らしであった。

❶第一の挫折　中学校の受験を断念

母子二人の生活でのびのびと順調な暮しを送っていた三鬼に、思いがけないことが起こった。それは少年敬直を虚弱児とさせた条虫（さなだむし）である。小学六年生の時、彼は病弱ゆえに中学受験を断念しなくてはならなかった。三鬼が初めて挫折した経験である。

成績が良かったのに津山男子尋常高等小学校高等科に行かされた三鬼は、これが辛くてしようがなかった。一年後、津山中学を受け入学したが、小学校の同級生が一級上にいるので学校生活は面白くなかった。彼は晩年に至るまで高等科に学んだことを悔やみ心に深い傷を宿していた。

大正七年十月末に、母、登勢がスペイン風邪で急逝した。津山に身寄りのなくなった三鬼は、東京に居る長兄に引取られ、青山学院中等部へ編入した。そして、歯科医専へ進学した。大正十五年卒業。主体的決断のないまま歯科となった、同年十一月結婚。翌十二月には日本を発ってシンガポールへ向かった。

❷第二の挫折　シンガポールからの帰国　―俳句との出会い―

シンガポールで待ってたのは、兄が準備してくれた歯科医という生活基盤の確かな出発ではなく、昼はゴルフ、夜は友との交歓という南方特有の開放的生活であった。それから三年後の昭和三年、チフス罹患のため医院を休業。併せて不況と現地の排斥運動の激化により、急遽帰国せざるを得なくなった。三鬼の第二の挫折といってよいのだが、今回は自ら求めた転機と言ってよいだろう。

帰国後、昭和八年東京神田の共立和泉橋病院に勤務した。ここが奇縁となり、三鬼と俳句との最初の出会いの場となった。その病院に通う患者からしきりに俳句をするように誘われたので、ついふらふら気が進まぬまま作句を始めた。

「くされ縁」第一歩

俳句、このへんてこなもの。短小で、不自由で、むつかしくて、そして魅力絶大なもの。こういうものに、とっつかれたのは、全く私の不運といふ他はないのだが、その不運が落ちかかったのは、私が三十三歳の働き盛り、昭和八年であった。（中略）私が初めてこの筆名を作ったのは、病院の電話室の中である。第一回のプリントが作られる時、世話人の家具屋の若旦那が私に「俳句作りはみな俳号を持っているから、先生もこしらえなさい」というので、即座にでたらめで、「三鬼」と答えた。

〈『西東三鬼全句集』〉

その後、世話人の紹介で「走馬燈」に加わることになり、本格的俳句の第一歩が始まった。ここで幡谷東吾、三谷昭らと急速に交わりを深め俳句の世界へ深入りして行くことになる。三十歳を過ぎて飛び込んだ俳句がいよいよ本格的になっていく。

新しい俳句世界の展開を予感してからの三鬼は、真に激しく目覚ましかった。「天の川」「馬酔木」「京大俳句」「ホトトギス」にも投句した。

特に三鬼が加入後の「京大俳句」は、大きく変化した。戦争俳句時代といわれた時期にあの反戦厭戦詩を連ねた華々しさは、三鬼をトップとしたリベラリストの集団「京大俳句」でなければできなかったことである。

その後、三鬼は請われて「生活俳句」の選者となり、社会性俳句の先駆をなす道に進んで行くことになった。

❸俳句開眼　―「新興俳句の旗手」として―

昭和十年の冬のある日、私は、高屋窓秋の家で炬燵にあたって談していた。話しながら身体に違和を感じた。疲労困憊していた。俳句を始めてからの彼は、新興俳句の疾風怒濤の中を夢遊病者のように彷徨していた。職業に専念せず家庭を捨てて顧みなかった。貧乏に沈んでいったのは当然であるが、身体まで蝕まれていたのである。（中略）

その翌日、大森の茅屋で、私は病に倒れた。肺結核の急性症状で、発熱四十度であった。それからの高熱の毎日、毎夜、私は夢現の境をさまよった。

「水枕ガバリと寒い海がある」

という句が、その頃のある夜、ひらめきながら私に到来した。

この句を得たことで、私は、私なりに俳句の眼を開いた。同時に、俳句のおそるべき事に思い到ったのである。それまでの二年余の俳句生活は、私の僅かな文学的才能で間に合いそうに思えた。(中略)私は知識として古典俳句を知っているだけで、伝統俳句実作の経験がないのだから、そういう苦労は初めからなかった。私は海綿になって、急速に先輩達の作品とその特徴を吸収した。秋桜子、誓子を初め、左右も静塔も、窓秋も波郷も吸収して行った。
私は、この作家達を食い、その栄養で身体は肥満したが、それは多くの俳人の、切片の塊であった。諸家のすぐれたところを学ぶといえばきこえはよいが、それまでの私は私自身を発見することが出来ず、作品はただ修辞の羅列であった。そのために私は焦慮し懊悩したが、大患に罹ってその最中に、計らずも「水枕」の句を得て、ようやく俳句というものが、わかりかけ、細い一本の道が未来へ向かって通っているのが見えた。

〈『俳愚伝』〉

時に三鬼は、三十五歳の秋である。戦後は一転、季語を重視した「有季定型」へ変身。現代俳句協会設立の中心人物となる一方、山口誓子を担って「天狼」を創刊。俳壇の中心勢力となった。昭和六十二年逝去、六十二歳の生涯を閉じた。

成道寺内の墓碑

津山市西寺町「成道寺」の一角に、三鬼の墓がある。その墓碑にこの句が刻まれている。〈墓碑銘は山口誓子筆、撰文は平畑静塔である〉

また、鶴山公園近くの旧津山男子尋常高等小学校跡地（現、津山文化センター）には、三鬼の句碑が建てられている。

鶴山公園近くにある句碑

天地黎明

第四の章　次世代につなぐ夢づくり

発進

1　女の道を拓く　―土から生まれる心の詩―

永瀬《ながせ》　清子《きよこ》　〈明治三十九年（一九〇六）～平成七年（一九九五）〉詩人

赤磐郡豊田村松木（現、赤磐市松木）で、長女として生まれる。（生死いずれも二月十七日。）二歳になった時、父の勤務先である石川県金沢市に移り、十六歳（大正十一）まで十四年間住んだ。

❶言わねばならぬことが、ちゃんと言える人になろう

金沢の英和幼稚園や日曜学校に通っていた頃のこと。「星の角は五つ、海の色は青」と画一的に教えられたに疑問を感じていたり、盲目で向こうから来る人が石に躓いて転ぶのを見ていた清子は、「こちらが気づいていながら『あぶないよ！』と、言ってあげられなかったことをいつまでも心の中で渦巻いていた。その時に思ったことは、「自分は言わねばならぬことは、ちゃんと言える人になろう」と。詩人井奥行彦は、いつも彼女と出会う度に聞かされていたと語っておられた。その想いは、成長するにつれて次第

に大きくふくらんでいった。

また、金沢県立第二高等女学校卒業して十八歳の時、弟が急死して家督相続人となった。両親は、早く家督を継いで結婚するように薦めたが、清子は、「家」本位に考えて「私」を無視した当時の結婚観に反発を感じていたが、昭和二年、親戚の長船越夫と結婚することになった。

結婚に際して夫との約束。「私は詩を書くことを一生の仕事にしたいので、それだけは決して咎めないでください」と言い、彼も認めてくれた。昭和の初めはまだ女性が詩を書いて自立するには生き難かった時代であった。けれども彼女は自分の意志をちゃんと通して歩み始めたのである。

❷詩の道を志す　―私も詩人になるほかはない―

名古屋に移住して間もない大正十二年二月、清子は十七歳になった。母に代わって妹の看病を手伝ったお礼に、両親から『上田敏詩集』を買ってもらった。

早春の光りのさしそめた妹の枕辺でくり返しその本を読みふけり、私も詩人になるほかないと心を決めたのであった。

〈「過ぎ去ればすべて懐かしい日々」〉

この詩集を読んで、「詩こそ自分のほんとうの心の内をあらわすことができる唯一の表現である」と、すごく感銘を受けた。たった一冊の詩の本であったが、自分の進む方向が決められたといっても言い過ぎではなかろう。

大正から昭和へ時代と共にうごく大きなうねりの中で、清子は女性詩人として第一歩を踏み出したのである。

その後、佐藤惣之助に師事して実作を学んで行く。

○第一詩集『グレンデルの母親』を出版　昭和五年　二十四歳

昭和三年十月、長女が誕生した。腕の中にしっかりと抱きかかえた幼児を、母親は身を削ってもあらゆるものから守ってやらねばならない。身を二つに分けることを通して新しい未知の世界に進んで行かねばならなかった。

昭和五年、清子は初めて詩集「グレンデルの母親」を出版した。

これは英雄ベーオルフが怪物グレンデルを退治するというイギリスの神話伝説からヒントを得たもので、一人で王宮に乗りこんだ母が息子の腕を取り返すのだが、最後には母も殺されてしまうという物語である。

清子は、「勝利者でなく敗者である怪物の側に立ち悪として排除される者達の心を知る母親の立場から書いた。」と述べている。この作品は予想通り一躍詩壇の脚光を浴び、一詩人として自立できる立場にこぎ着けたのである。

○第二詩集『諸国の天女』を刊行　昭和十五年

昭和六年春、東京へ転任。昭和八年には長男誕生し、二児の母となった。二十七歳。同じ年、清子には大事な出会いがあった。多くの女性作家を世に送り出した長谷川時雨（女流文壇の大御所で［女人芸術］の主宰者）の目にとまって、清子の詩は新聞紙上に紹介され始めたのである。これによって彼女は、ますます活動の場を拡げてゆく。

昭和十年、柳田国男の民俗学の講座にも通っていた。その著書の中に、『竹取物語』や『羽衣』など、日本の至る所に天女伝説があることを知った。

清子はこの天女伝説に惹かれて、地上には家族にひかれて一生を送る無名の天女がいる、という発想をとりいれ、「諸国の天女」を創り上げた。

詩の最後の小節に、「天女も老いる」と結んでいる。土に暮らしている夫や子供たちと共に老いる。―「昇らぬ天女」―それは、隣に住んでいる老婆かも知れない。昇らぬ天女は、花や井の水の中に天界の影を見る。

高所から見下ろすのではなく、水平の視線に立って一般の人々の声や生活の中から見た詩づくりである。

自然に自分の心が流れ出すのを感じた清子は、「初めて自分らしい詩が書けた」と言っている。

宮本百合子は、この詩を評して「女が考えることを始めた最初の詩である」と述べている。

❸土と共に生きて躍動する詩（実践の時代）

昭和二十年、戦火の危険と夫の転勤（間もなく再応召）で帰岡。四人の子供（年少は三歳）を抱えて農婦となる。これまで都会生活を基盤に「自我」の独立と自由を追求してきた清子だったが、村での日々は彼女に取って珍しく新鮮だった。水田耕作は、単に米を作ればいいというものではなかった。道や川の普請、共有山の下り、植林等、村人総出で行った。すべて米作りの環境を整えるために必要な仕事だった。

「馴れぬ作業に疲れて、作業が終わると疲れをなだめるためうたたねをし、家族が寝静まる深夜に起きて原稿を書く。どうしても寝不足になるので日中の作業中に目をつぶって歩くので、天秤棒を担いだり猫車を押しながらしょっちゅう田圃に落ちたね」と語っている。

妻として母として農婦として、自然の大地の中で詩を書き続けた清子の詩は明るくなった。言葉の背後に、太陽の光、木陰の涼しさ、植物たちの成長する気配が満ち満ちている。自然と一体となって汗を流して育てたものが、自らの手で収穫できる喜びである。その喜びが自信に繋がったのであろう。

昭和二十一年の「文学祭」同人参加から、郷土での文学活動が始まる。その後、岡山の詩誌が次々に誕生する。町民と共に作業に出て二十三年に完成した「熊山橋」は、「私と友を結ぶ花道かと思われた」と述べるほど彼女の文学活動に活力を与えたものであった。詩人の井奥行彦は、「昭和二十一

生　家

年から三十三年までの熊山時代の詩は、彼女の生涯の中で特に優れています。熊山が詩人の命だったのです」と語っている。

❹「女の時代」を拓くー夢づくりへ

昭和二十五年には、日本現代詩人会が創設され、初期から会員として参加。二十七年には、女性詩誌「黄薔薇」を創刊。内部から外部へ、村から都会へと目を転じ、世界へと視野を拡大していった。

また、昭和三十三年杉山千代の「女の新聞」が創刊されたが、彼女の急逝により清子が引き継ぎ、「女人随筆」を創刊。広く女性のために「女」の道を拓いた。

吉井川に架かる熊山橋

夕暮れ

男が夕暮れを見るように、女も夕暮れをみたかった。
けれど長い間夕暮れを見る女はいなかった。
女は夕暮れのしたくにいそがしく手を拭き、あがりがまちを上がり降りしていた。
やっと炊飯器や冷蔵庫や洗濯機が助けてくれて
女も初めて詩を書きだした。

時の流れの中で女の発見が始まった。女が人間として「自我」を育て高めて行く時代を迎えたのである。

永瀬清子は、詩を通して女の時代を迎えるための道を拓いた第一人者なのであろう。

平成七年二月十七日。奇しくも誕生日とおなじ月日に帰らぬ人となった。八十九歳であった。

2　後世に託す一作家の願い

坪田　譲治（二）〔明治二十三（一八九〇）～昭和五十七（一九八二）〕

前述の「第一の章「ふるさとを描く」では、譲治の前半生（昭和二十年、五十五歳まで）の童話作家として数々の名作を創作して世間に認められ大活躍する中年時代であった。

戦後は、日本児童文学の中心的推進役として活躍する立場になっていた。昭和三十一年には日本児童文学者協会、会長に就任。時に六十六歳であった。

❶子供達に夢を

○『びわのみ文庫』を開設〔昭和三十六年七月〕（七十一歳）

譲治は、自宅前庭の一部に書庫を造り「びわのみ文庫」と名付けて、子供達に開放した。この文庫は「幼い頃読んだ本は、その人の生涯を支える」と、言い続けた譲治の願いを実現したものであった。この企画を聞いて講談社から児童書の寄贈もあり、一万冊の児童書が充実した。娯楽の少なかった代にみんなの心をとらえた。貸し出しリストの登録者は、一時、九百人を超えたそうである。文庫の運営をしたのは長男の正男さん夫妻であった。「びわのみ文庫」の居室は、その後、平成の二十年頃まであったが、ご夫妻がお亡くなりになった後は家も整理され、今はない。でも、そこで育った「びわのみ」の子供達は、次の世代の若い木として現在、着実に活動している。
○母校の石井小学校へ「坪田文庫」を
譲治は、母校である岡山の石井小学校へ、昭和二十九年に三百二十冊の本を贈っている。学校では「坪田文庫」を設け譲治の業績を知らせ、読書に力を注いでいた。昭和四十七年に火災で学校が焼失した時にも、早速本を贈っておられる。

石井小学校では、昭和五十七年に譲治が亡くなられてから、毎年七月七日を「善太と三平の星祭り」として、作品を劇にしたり、朗読や紙芝居にしたりして、譲治を偲ぶ会を催している。
❷新人作家の育成
○童話雑誌『びわの実学校』の発刊〔昭和三十八年十月〕（七十三歳）
この雑誌は、出版社から発行されたものではなく、譲治主宰の自費で出されたのである。鈴木三重吉が主宰していた「赤い鳥」のような児童雑誌を作りたいという作家譲治の熱情で発刊されたのである。

創刊前の七月、作家や詩人、画家、研究家へ送った案内状に、譲治は次ぎのように書いている。

児童のための童話雑誌がほとんどなくなりましたが。これはどう考えたらよろしいでしょうか。（略）これでいいのかと思うばかりです。市販の本が出るまで待てないのです。こどもの需要よりも実は作家の需要を思うからです。

作家の需要というのは、新人作家を発見したい。その人達に発表の場を提供したい。舞台を用意してあげたいという譲治が前から抱いていた夢であった。

こうして「びわの実学校」からは、松谷みよ子、今西祐行、あまんきみこ、大石真、沖井千代子、砂田弘、前川康男、宮川ひろなど。現在活躍中の作家が続々と育って行った。

❸子供に託す願い

譲治は、次世代に生きる子供たちのために「作家（親や大人を含めて）、いかに接していかねばならないか」を示した『私の童話観』を述べている。

私の童話観

①子供に真実を語る……ほんとうに子どもを喜ばせてやりたい。

まず、なにより真実を語ることが必要である。人生の出発点において真偽に無関心であるようなことをさせてはいけない。現実の中の真実を知らずに育つ子がいたら、それは人生の温室の中にいる子どもである。色はもっとジミでいい。光はもっと鈍くてもいい。美しさは足りなくても人生の真実を描いてほしい。

②子どもの現実生活を描きたい……子どもに現実の世界を見せたい。

子どもには端的に人生の光の部分を示し、常に輝く希望を持たせる。

③子どもに対する愛を教える……甘すぎる愛情は、それこそ童心を弱いものにしてしまう。それは、決して真実の愛ではない。作られた偽りの心に過ぎない。

〈『児童文学論』〉

現代の世相を予想しているような慧眼である。「生死の瞬間」に立ち会うことのない親族。働く親の姿を知らない子供たち。不安を共有することのない核家族など、現在の社会とぴったりである。

次世代を担う子ども達のために、私たちは真剣に現実を直視して譲治の童話観を心に銘すべきである。

その二　炎の大地から甦る岡山文化の源流　　礎づくり

これまで十数名の文学者の生涯を記してきたが、この書の末尾を飾るにふさわしい人物を誰にするか模索してきた。人間には、ほぼ同じ時代に出発して同じ時代に過ごした人の運命律というものがあるようだ。藤原審爾や永瀬清子のように全国に知られている人と、その反対にそのまま地域の一文化人として消えていく人もいる。

そこで、岡山の戦後（昭和後期）の人として、今書き残しておかなければ忘れ去られてしまう人物をとりあげ、その生涯の一端を記しておく。

1　岡山の芸術・文化振興の仕掛人
—戦後（昭和後期）から平成への推進役として—

山本《やまもと》　遺《い》太郎《たろう》　〔明治四十四（一九一一）〜平成十三（二〇〇一）〕

通称「イタさん」。今、この人を知っている方に聞けば、「オリエント美術館長」「吉備路文学館長」として活躍された人。低い声で控え目に訥々と話される方だったと記憶される程度である。まさに近くて遠い人的存在なのである。

特に戦前の事歴については殆ど知られていないと思う。彼は戦前から、藤原審爾、永瀬清子、木山捷平、赤松月船等と交友し、昭和全期を通じてその中核として活動をしていた詩人である。

岡山の戦後の詩誌として「黄薔薇」「火片」「裸足」などが生まれているが、岸本徹、井奥行彦、三沢浩二等、多くの新人が登場する前の現代詩の役割を担った『詩作』の存在を忘れてはならない。

❶養父母の元で

○養父母への気遣いと生母への絆

遺太郎は、岡山市丸亀町（現、富田町）の兄夫婦の養子として育てられた。生後直ぐに生母である養父の妹から離れ、幼少の頃は主に祖母が養育に当たっていたようである。

弘西小学校五年生の学芸会の時のことである。友達五人でハーモニカを合奏することになった。なにしろ四人はそれぞれ分限者の子で通学もみな、当時はやりはじめた洋服を着ていた。放課後、練習に残って合奏してる時、紺絣に袴をつけたのは遺太郎ひとり。その場にそぐわぬ格好で、このまま本番に出ることはみんなに対して申し訳なく私自身も堪えられぬ恥さらしのようで思い悩んでいた。かといって、ハーモニカをねだって買ってもらっただけでも並々ならぬ贅沢なのに、そのうえ洋服までとはとても言い出せるわけにはいかない遺太郎であった。

〈『あすならう』のあらまし〉

学芸会の前日となり、最後の練習をしたときのこと、四人の友だちもかねがね気にやんで話しあつてゐたものか、そのなかの一人が思ひつめた風で、私に耳うちしました。お前だけがきもので出ると要領が悪いけえ、おとうさんにたのんで洋服買ふてもらへよ。はつとして私は顔があつくなり、胸がどきどきして、洋服をねだつて倹約家の養父母にこごとをもらつてゐる自分のすがたをおもひうかべて涙ぐみ、自分の友だち仲間の人気ももはやこれまでかと、進退きはまつてしまひました。うつうつとしほれて家に帰ると、その日たまたま母上、あなたが田舎から家へ来てゐられたのは、何といふめぐりあはせだつたのでせう。夕食の膳で、私はおそるおそる、養父母へともなくあなたへともなく、一件をうつたへると、あなたは私のことばを引つたくるやうな大声でがみがみ、どうしてもつと早う言はんのなら、今晩になつてなんぼうやきもきしてもまにあひはせんがな、とどなり、飯もそこそこに、私をつれて仕立物屋へ出かけました。あのときのあなたのけんまくといつたら、それが誰にむけられたものであつたか、とにかく、よそで泣かされて帰つた子を叱りつける母親のけんまくに似てゐて、私は半分はおそろしくて青くなり、半分は服を買つてもらふ難題のあまり容易くらちがあいたのにあつけにとられて、手をぐんぐん引つぱられて夢中でついて行つたのををぼえてゐます。

〈『あすならう』〉

幸い服は買えたが、他家の注文を無理矢理に譲ってもらったものだから寸法が大きすぎてダブダブだった。さっそく手を入れてなんとか形は整い、なんとか舞台に立つことができた。

あなたの愛が、私のこれまでの養父母とのあけくれに、私の心に、おたまじゃくしのしっぽのやうについてはなれず、私をいつも当惑さしてしまひました。私のうへにかけられた兄思ひのあなたのせつない祈りからそむいて逃げ出す勇気があったなら、どんなにらくかしれません。私は養父母のために善いむすこにならねばならぬと、くるしみつとめながら、いつになったらこのしっぽがなくなって、善いむすことして成長できることか、途方にくれてきたのです。

〈『あすならう』〉

遺太郎は、母から注がれたまなざしと愛情を一身に受けながら成長して行った。そして彼は、母に対しても養父母に接しても、前述の気持ちを心の中で絶えず葛藤しながら幼少年期を過ごしてきたのだった。

○詩誌「木曜」の出版

昭和四年、岡山県第一商業学校を卒業した彼は、翌年四月、少年時代から一緒だった横田久治と二人で詩誌「木曜」を創刊。詩の世界へ第一歩を踏み出した。詩友も五人になり細々と七年四月まで続いた。妻、「愛子」と結婚、養父母と四人の生活となる。九年には、自宅に「鋳物用木型製造業」を営み出版にも手がけたが、戦災で消滅した。

❷焦土から生まれた炎の詩誌『詩作』

○岡山市空襲により自宅焼失（昭和二十年六月二十九日）　三十四歳の夏である。

墜落の感覚―この時から遺太郎の中に長い敗走の歴史が始まっていた。

日がな一んち猿股一つ、仕事もせずでれでれしてばかりと、かみさんよ、ぶっくさいうな。―金ぴかのドストエフスキーの全集と物々交換で建てたこの節だらけの柱は、一年ばかりでもうこねえにばりばり割れてしもうた。岩波文庫五百ほどと換えた畳は、赤茶けて床がへたり、茂吉の歌集で買うた障子はぎくしゃく否んで、開け閉てのたんびにかんしゃくもんじゃ。とかくわがやからはものの用には立たぬあんばいと見んさい。夕立くれば、柱と荒壁の隙間から、稲妻はぴしり突きささり、木

羽葺き屋根はところきらわずざんざ漏り。運の悪いことに屋根や壁に支払うたんは、
落丁本を売った金じゃったかも知れん。〈『詩集　楽府』〉

○『文学祭』の創刊。（昭和二十一年一月）

こうした状況の中で、戦後一番早く動き出したのは『文学祭』である。発行は藤原審爾。編集は山本遺太郎である、両者とも幼時の時に祖母に育てられたことは偶然の一致なのであろうか。審爾は「煉獄の曲」、遺太郎は、「あすならう」。永瀬清子は「諸国の浦島」等である。

○『詩作』の創刊……（昭和二十二年十一月）

当初は編集責任に山本遺太郎と吉塚勤治があたったが、後に吉田研一と三人であたるようになった。

第一集の内容は、A５判、表紙四頁、本文八頁だが、間野捷魯・永瀬清子・道満誠・安藤始次・一本木乾・矢野玉一・久保文子・槙本楠郎・木口義博・段塚魚郎・吉塚勤治・山本遺太郎・吉田研一の十三人の詩が載っている。

これらの詩から、戦争と敗戦という現実のきびしさの中から、それぞれの姿勢を保ちながら人間の詩を歌い出そうとする意欲が見えてくるのである。まさに、廃墟の中から

生み出した「詩作」の会であり、戦後の「詩人の会」の礎と言ってよいと思う。
「詩作」は、二十四年に第七集復刻号として第八集を二十七年二月に刊行。

❸岡山の芸術・文化振興の仕掛人として

昭和二十三年十一月三十日、岡山県教育委員会発足と共に、社会教育課嘱託として採用された。これを機会に彼の人生は大きく転換する。今まで巷の中で自由にそして奔放に生きてきた軌道から、今度は、その経験を社会のために活用する立場に代わったのである。

昭和二十七年には社会教育主事となり、三十年には岡山演劇観客団体協議会を結成。会長に就任する。昭和三十一年十月二十七日から十二月二十五日まで六十日間、岡山県教育委員会から中華人民共和国の社会教育事情視察のため岡山学術文化視察団の一員として同行した。遺太郎は、

「私の中国行きの糸口は三木知事のお名前の元で実現したのであり、それは私の世界観をのびのびとさせてくれました。」

〈『鶏肋集』あとがき〉

昭和三十三年四月、岡山県詩人協会結成と共に理事長になる。

昭和三十七年六月、岡山県総合文化センター開館と共に、同センター文化課長（四十四年三月まで）。

その間、「岡山市芸術祭実行委員会」「岡山シネクラブ」「瀬戸内現代美術展運営委員」などの要職を勤める。昭和四十四年「岡山県教育功労者表彰（文化部門）」。

❹詩集『楽府』の出版（昭和五十一年十二月）……戦後の「詩作」の中から採録

遺太郎は、「詩作」の編集を受け持つかたわら、版画も得意で、各号の表紙や紙面を担当していた。その中の一つ『彫る』の詩

指にくいこむ印刀を　　息をこらしてぐっとおせば
堅い桜の板から一片の木屑が　　くるりとそぎとられる
……むすうの木屑を　　冬の夜の机に散らしながら
おし黙り背をまるくして　　私は版画を彫る
空白の部分を彫ることで　　ばら色の線を浮かびあがらせ
左ぎっちょの線を彫ることで　　まともな世界を刷りあげるために
さんらんたる木屑を散らし　　あべこべの夢を散らしながら

〈『詩作　楽府』〉

彼は、今日も詩を書きカメラをさげて写真を撮り、深夜板を削って版画を作らずにはいられない人だった。

昭和五十四年（一九七九）岡山市立オリエント美術館長

昭和五十七年（一九八二）山陽新聞社賞

昭和六十一年（一九八六）吉備路文学館開設と共に。初代館長〔七十四歳〕

昭和六十二年（一九八七）久保田宵二歌碑の撰文を書き、除幕式に参列

昭和六十三年（一九八八）三木記念賞を受賞

平成十三年（二〇〇一）八月二十九日　死去。（九十歳）

彼の生涯を顧みる時、前半生の苦闘の中で詩作する自由の世界から、昭和二十年の敗戦と焦土にまみれた岡山の地で、教育改革の先頭に立って社会のために貢献できるこれらの大仕事を得られたことが、彼を変えた人生の大転換期であったように思う。

それに加えて、彼が戦前から培った多くの友人や文化人との交友が生かされて、岡山の文化向上に多いに貢献しているのである、まさに、砂漠の中にいた稚魚が水を得て大海に泳ぎ出したと言ってよいだろう。天の運、地の利、人の和、三者が相まって、岡山の芸術文化が大飛躍した原動力となったのである。

2　地方出版文化の礎を築く

戦後間もない暗い生活の中にかすかながらも詩のローソクを点して、カンテラぐらいの光りをかかげた昭和二十二年の秋、「詩作」創刊号が生まれた。現代詩人の会の礎を作った三人の若者達、山本遺太郎・吉塚勤治・吉田研一である。この三人四脚のトリオで、戦後の明るい地方文化が開けていったとも言えるであろう。

吉田《よしだ》　研一《けんいち》〔大正五年（一九一六）～平成六年（一九九四）〕

吉田家は、代々書店経営をしている店（岡山市栄町〈現、岡山市北区表町二丁目〉）で、父、徳太郎の次男に生まれる。市内の内山下小学校を卒業後、昭和六年県立第一商業学校（現、岡山東商業高等学校）を中途退学。家業の書店経営の勉強のため上京する。

〝ぼくは本屋の倅に生まれ、本屋ばかりの世界を歩いてきた。戦時中、中島飛行機会社に徴用されたのを除けば、殆ど今までの人生は本の中で生きてきたと言っていいくらいだ。〟

〈『橋のある風景』あとがき〉

❶京橋界隈は、研ちゃんの活躍舞台

少年時代の研一（通称　研ちゃん）の遊び場は、京橋上手の「川手」と呼ばれていた所だった。

測候所があり火の見櫓があった。（中略）川手に立って東岸を見る景色も、中島の磧があり、くすんだレンガ色の市立図書館（いまは公民館）の向こうに、操山がなだらかな稜線をみせて緑をたたえていた。
〈『茫々二十年』〉

京橋　幻想　2

そのころ　京橋港の朝は、／魚市場の　威勢のいい　セリの掛け声で　目覚めた。
いろいろの汽船《ふね》から、／石炭や、煉瓦や、砂礫や、季節の野菜が、
河川敷へ　荷上げされた。
ポンポン蒸気船《じょうきせん》は　夏休みの少年たちの　夢を乗せて、
ドーナツ型の煙を　リズミカルに吐いて、瀬戸内海の　島々に　出発した。
川原には　青草が茂り、／測候所の　白い　函の風信器は、
爽やかな風をふくんで　廻っていた。
残された　少年たちは、／テンゴーエビ捕りに　夢中になり、
水中眼鏡と　テンゴー網で　川に潜る。
テンゴーエビは　きゃしゃな　細長い手を　伸ばし、
石敷の穴で　優雅な姿を　見せる。

エビは　うしろに跳ねる習性なので、／素早く　尻尾《しっぽ》の方から　網を伏せる。
そのときの　エビの感触は、／いまも掌《て》に残っている。
あれから　何年たったことか、／荷馬車はトラックに。／石炭はドラムカンに。
今の京橋の上空では、／とんびの声も　聞かれなくなった。
川は　沈黙のまま、／時間《とき》の筏を　流していた。

〈『橋』No6　季刊詩誌〉

大正時代、研一少年が楽しく跳び回って遊んだ京橋付近の風景である。

❷書店経営で、武者修行

昭和七年、十六歳の時、東京神田の昭林堂（本の取次店）の小僧に住み込んだ。彼は当時、「研ドン」と呼ばれてこき使われていた。辛酸をなめさせられたが、肉体労働の厳しさと金を稼ぐ大切さを学んだ。

小僧の休日

不自然な暦だと思ったが　月に一度しか廻らない　小僧の日曜日だった。
金を持たない日曜日なんか　あってもなくても同じことなんだが。
秋晴れのある日曜日。

三十銭の銭は掌の中で汗をかき　ズボンのポケットを泳いでいた。
十銭白銅三枚の数字は　十三銭のカツライスと
五銭の田舎しること　十銭の活動写真を夢みて汗をかいていた。
天ぷら屋の匂いを嗅ぐと喰いたい喰いたいと泣いては
ポケットの中で指先にまさぐられた。
ギザギザの爵位をもたぬ十銭白銅の悲しみは
太陽の光に出逢うと大きな欠伸を連発した。
僕はその穴から青空をのぞいた。
空はあいかわらず故郷の海の色をしていた。

〈『詩作』第一号〉

❸「詩作」のかたわら、出版業に専念　ー詩人として　社長としてー

研一は、戦後岡山に帰り、昭和二十八年、日本文教出版株式会社に入社。昭和三十六年、父の後を継いで社長に就任する。詩人であり社長の職務を進めねばならない彼は、如何に生きたか。青年研一の生きる姿を追ってみよう。

○詩人として

詩人であり社長の職務を進めねばならない彼は、この「詩作」の発行に一番熱心だったようである。特に「詩作」第一号の見本刷りができた日の喜びを、詩友、吉塚勤治は次のように語っている。

京橋上手の焼酎屋「川手」で、吉田研一とまだ製本していないその見本刷りをためすがめつ手にとりあい、詩を読みあい、実に純粋にうれしかったことを。今その「詩作」第一集を見ると、本文八頁、表紙四頁のまったくうすっぺらなものではあるがぼくは自分の詩集ができたときよりも、何倍かほとんど何十倍かうれしかった。たぶん研一もそうだろうと思う。（以下略）

〈『橋のある風景』跋にかえて〉

彼の詩集は「橋のある風景」一冊に留まるが、旭川や京橋川手の風景をうたったものが多い。戦後初の岡山を思い起こすと、一面焼け野原になった街に立つ。どれほどまでに旭川の流れが眼にしみ透ったであろう。焼け残った橋が心にたのもしかったことであろう。

橋のある風景

だがしかし。

ここまで来ると、河はガソリンの虹を浮かべている。
棒切れ。藁くず。猫の死骸。
もうしばらくだ。
この突きあたりでは、一切がコバルトブリューなんだから。

京橋の上から下を流れる数々の汚濁、戦災の塵くずが流れていく。ぼくも詩も、恋も、生命も、一切が紺碧の海に流されて行く。青濁合わせ呑みこんでくれる瀬戸の海への期待が伺える詩である。

○社長として

詩人であり社長であることは二律背反でもある。地方出版という困難な事業の中で、詩人社長の道を歩んで行かねばならない。「万力」のごとく全生命力を燃焼させて進む姿を見せる。

①「岡山文庫」の創刊

社長就任の仕事で第一に考えたのが「岡山文庫」の出版である。昭和三十九年四月、創立十五年を記して出版。「面白い内容で、見ても楽しめる岡山の本」として、岡山の動植物から伝統行事、神社仏閣に人物伝。歴史、民俗、風土など、ありとあらゆるものを盛り込んだ「岡山再発見の書」である。会員を募り割引の特典を与えることで販路を安定、半世紀を経た今日まで二九二巻を越える超ロングランを続けている。

②「岡山県出版文化賞」（日本文教出版株式会社主催）を創設

昭和四十四年から平成二十二年まで、年一回県内の出版物を公募して優秀作品を表彰。（第四十二回以降休止中。）

その成果があってか、昭和四十三年に、「岡山県文化奨励賞」を、昭和六十三年に、文化庁地域文化功労者「文部大臣表彰」を受賞。

❹再び詩集『橋』を創刊

詩心を持ち続けた研一は、昭和六十三年二月、詩集『橋』を創刊した。「詩作」から四十年の年月が流れたが、詩に寄せる想いは年々熱く長い年月を経て再び新しい詩誌の発刊を思い立ったのである。

時あたかも世紀の大事業「瀬戸大橋」の完成と重なり『橋』と命名。橋は人と人を結び、郷土と詩人を連結する。

研一は、酒をこよなく愛していた。ほぼ毎日駅前にあった馴染みの店に足しげく通っていた。「飲み屋というのは、人間同士が何となく隠しごとなしに裸でつきあえるのがいいじゃないかな。そこで人生が深まったりするんで」と語り、酒を「命の水」と呼んでいた。（閑話休題）

詩集は、季刊として一号（昭和六十三年）から六号（平成六年）まで出版され、寄稿者には、永瀬清子、上林猷夫、間野捷魯、坂本明子、山本遺太郎、三沢浩二、秋山基夫、岡隆夫、なんばみちこ、井奥行彦ら、詩壇を代表する詩人ばかりであった。（お酒の効用もあったのか。）吉田研一アンソロジー（選集）とも評されている。

奇しくも研一は、最後の詩集になった平成六年六月二十二日、この世を去った。詩人社長にふさわしいりっぱな生涯を送られたのである。

終わりに、彼が最も愛した『京橋幻想』を贈り、筆を置く。

京橋　幻想

冬の川は　ここまでくると、／川面に　さざなみ模様を　浮かべ
歳月の垢を　静かに鎮める。
橋際の交番は　時間《とき》の疲れの　なかで、
新しい装いを　はじめようと　している。

火見櫓は　鳴らない鐘を　鬼灯《ほうずき》のように、
ぶら下げて　風の中に　突ったっている。
ここでは　もう　風信器も　鳴らない。
〝愛するものよ　いまは冬
冬こそ　春を　支度する〟と詩《うた》った　／　詩人の
声も　途絶えて久しい。
あの　瓦礫の中での　青春の炎は　／　一体　何
だったのだろう。
赤い鳥居の　稲荷《いなり》の祠《ほこら》は　／素朴な人間の　祈りを　秘めて、
鈴の音色を　川風に響かせている。
トウカエデの　大樹は／枯れた枝先を　魚骨に似せて　空に拡げ、
レンガ色の　遊歩道を　鳩たちは／平和そうに　群れては、飛び立って行く。
飛ぶ鳥の　夢を　背負って、／京橋から飛翔《とん》だという
表具師幸吉の　石碑は　川の流れの　風景に、／人の運命を　想わせる。

京　橋

終の章　今やらねば

作家の心のふるさとを訪ねて

平成二十四年七月七日、念願の坪田譲治「心の詩碑」を生家跡に建立した。次の仕事を何にするか——。私は、かねてから心に描いていた夫々の作家達が生きてきた人生行路の一端を書き残そうと思った。そしてやっとその機会を得ることができた。

❶青雲の志を抱いて作家の道へ

まず、明治・大正・昭和の三代にわたって生きた作家たち、同年代の人物三十名ほどを選び、明治後期に生まれ大正時代に青壮年期を迎える作家に絞った。

大正時代に活躍した作家に共通する想いとは……

○時代の洗礼を受け、自分の力を試そうとして故郷を離れ都会へ出る青年が多くなった時代である。都会に出れば勉強もできる。有名な文人と交友できる。刺激が渦巻いていた。青壮年の旺盛な精神は、東京思慕の情が広がって中央傾斜への想いが強かった時代であった。

○一方、郷里を離れることが出来ない境遇にあった青年は、当時の少年雑誌や同人誌の懸賞欄に投稿して入賞を狙い、これが励みとなって中央の文人との交流ができる道を選んだ。

❷作家の生涯を調べて、故郷との繋がりは何かを探る

作品を読むことは、作者を知ることである。作品の主人公に作者自身の生涯を重ねて見ると、どこかに作者が躍動している場面がある。そこは作者自身の故郷であったり、苦難を乗り越えた生涯の場面であったりする。

そこで私も、まず作家の生涯を知るために作品の舞台となる心のふるさとを訪ねることから始めた。

①作家自身の略年表を作る。図書館や資料館で大略を調べ、不明な点を知人や直接現地に行って面接取材する。

②作者が幼少年期に過ごした故郷の現地に立ち、作品の背景となった情景を想起する。

③作者の生涯のなかで、岡山に関した作品を選び、作家になるまでの契機をつかむ。

④思わぬ発見の喜びに浸ることもある。ゆかりの人物を調べていた時、筆者の小学校五年生の担任だった段塚魚郎（本名、安雄）先生を見つけたことである。昭和十年、当時私は十歳だった。版画のうまい先生だったことしか覚えていないが、先生は、大正末期から昭和初期にかけて岡山県で初めて詩集「群像」を出版した人だったのである。

この本を出版するに当たり心から段塚先生の御霊にささげたい。

❸今やらねば……

この本を書くに当たり、私も昭和初期に幼少期を過ごした一人である。少年期を過ごした故郷は、若山牧水が青春時代の心のふるさと「幾山河」を詠んだ地である。

ここに掲げた作家達と共に生きた昭和の時代。ふるさとの自然や社会の様子を体で感じて作品を読むと、その時代の情景が浮かび心の底まで響くのである。山河は年月と共に変って消えて行くが、心に残る故郷の風景は永遠に変らないのである。

伝えること——それが生き残った私の使命である。

終わりに、日本文教出版社の五代社長、吉田研一は、山本遺太郎とタッグを組んで活躍した詩人であること。昭和三十九年に「岡山文庫」を刊行してから今年は五十一年目になる。岡山文庫第二九四号として発刊できる喜びを、今は亡き文士の方々と共に噛みしめたい。

参考文献・引用文献

『吉備路をめぐる文学のふるさと』吉備路をめぐる文学のふるさと編集委員会（吉備路文学館）二〇一〇
『哲学青年の手記』出　隆　（勁草書房）一九六三
『酒・音楽・思出』米川正夫（河出書房）一九四〇
『眠堂醒話・地べたから物申す』柴田錬三郎（新潮社）一九七六
『鶏肋集　半生記』井伏鱒二（講談社文芸文庫）一九九〇
『山椒魚』井伏鱒二（新潮社）一九八〇
『三木露風全集』全三巻（日本図書センター）一九七二〜一九七四
『三木露風・赤とんぼの情景』和田典子（神戸新聞総合出版センター）一九九九
『私ひとりの私』石川達三（文芸春秋新社）一九六五
『わが半生記』木山捷平（永田書房）一九六九
『木山捷平全集』第一巻　木山捷平（講談社）一九七八
『花の結び目』時実新子（ハルキ文庫　角川春樹事務所）二〇〇〇
『宮内寒弥小説集成』全一巻　宮内寒弥（作品社）一九八五
『百鬼園随筆』内田百閒（新潮文庫）二〇〇二
『たらちをの記』内田百閒（筑摩書房）二〇〇三
『坪田譲治全集』10巻・12巻　坪田譲治（新潮社）一九七七
『小説　坪田譲治』小田嶽夫（東都書房）一九七〇
『坪田譲治の世界』善太と三平の会（日本文教出版）一九九一
『私の文学回顧録』木村毅（青蛙房）一九七九
『歳月の記―岡山文化人像―』（山陽新聞社）一九七一
『備前　藤原啓』撫川新（毎日シリーズ出版編集）一九八一
『草思堂随筆』吉川英治（講談社）一九七〇
『吉川英治・人と作品』松本昭（六興出版）一九八四

『われ以外みなわが師』吉川英治（大和出版）一九七二
『幾山河越え去り行かば』大悟法利雄（彌生書房）一九七八
『田岡嶺雲全集』第五巻『数奇伝』田岡嶺雲　西田勝編著（法政大学出版局）一九六九
『数奇なる思想家の生涯―田岡嶺雲の人と思想―』家永三郎（岩波新書）一九五五
『西東三鬼全句集』西東三鬼（ニトリア書房）一九七二
『詩人・永瀬清子作品集―熊山橋を渡る―』熊山町永瀬清子の里づくり推進委員会　一九九七
『永瀬清子とともに』藤原菜穂子（思潮社）二〇一一
『永瀬清子詩集』永瀬清子（思潮社）一九七九
『あけがたにくる人よ』永瀬清子（思潮社）一九八七
『詩集　文学祭』第一号　山本遺太郎（文学祭社）一九四六
『詩集　楽府』山本遺太郎（日本文教出版）一九七六
『詩作』山本遺太郎・吉塚勤治・吉田研一編　一九四六～一九五一
『詩集　橋のある風景』吉田研一（日本文教出版）一九五九
『橋』季刊詩誌　吉田研一編（「橋」編集室）一九八八（No.1）～一九九四（No.6）
『茫々二十年』吉塚勤治（玄文社）一九七二

凡例

本文中の引用は文頭から二字下げとし、末尾に出典を〈『　』〉に明示した。

引用文は原則、旧字は新字に改め旧仮名遣いはそのままとした。

年号について明治・大正・昭和の時代性を重んじ和暦を用いた。作家の生誕・没年は適宜西暦を併記した。

旧地名は発表当時のものとした。（　）の内に現地名をなるべく示した。

今日の人権意識からみて不適切と思われる表現については資料的意味と時代性を鑑み底本のままとした。差別や蔑称の助長を意図するものでないことをご理解ください。

編者略歴

加藤　章三（かとう　しょうそう）

1926年　岡山県生まれ

1947年　岡山青年師範学校卒業、県下の小・中学校を歴任（教職39年）

1985年　善太と三平の会（坪田譲治文学研究）を設立。以後、顕彰活動

1986年　川崎学園事務局（勤務16年）、日本風景写真協会会員

1994年　公益財団法人吉備路文学館評議員

主な著　『哲西の先覚者』岡山文庫　日本文教出版出版
『坪田譲治の世界』（善太と三平の会）岡山文庫　日本文教出版
『吉備路をめぐる文学のふるさと』吉備路をめぐる文学のふるさと
編集委員会　公益財団法人吉備路文学館

岡山文庫　294　吉備路に生きた 作家たちの心のふるさと –その光りと影を追って–

平成27（2015）年2月23日　初版発行

編　者　加　藤　章　三
発行者　塩　見　千　秋
印刷所　株式会社三門印刷所

発行所　岡山市北区伊島町一丁目4−23　日本文教出版株式会社

電話岡山（086）252-3175（代）　振替01210-5-4180（〒700-0016）
http://www.nihonbunkyo.co.jp/

ISBN978-4-8212-5294-7

● 岡山県の百科事典 二百万人の 岡山文庫

○数字は品切れ

1. 岡山の植物・西原礼之助
2. 岡山の祭と踊・神野力
(3.) 岡山の焼物・桂又三郎
4. 岡山の古墳・鎌木義昌
5. 岡山の民家・鶴藤鹿忠
6. 岡山の文学碑・山本遺太郎
7. 岡山の仏たち・脇田秀太郎
8. 岡山の動物・松本邦夫
9. 岡山の鳥・杉鮫太郎
10. 大原美術館・藤田慎一郎
11. 岡山後楽園・宗定克則・杉鮫太郎
12. 岡山歳時記・吉岡三平
13. 岡山の建築・巌津政右衛門
14. 瀬戸内海・緑川洋一
15. 岡山の民芸・外村吉之介
16. 吉備路・神野力
17. 岡山の魚・青木五郎
18. 岡山の昆虫・倉敷昆虫同好会
19. 岡山の城と城址・藤井駿・市川俊介
(20.) 岡山の果物・三宅忠一
21. 岡山の風物・岡山県広報協会
22. 吉備の女性・吉岡三平
(23.) 岡山の伝説・立石憲利
24. 岡山の酒・小出巌・西原礼之助
(25.) 岡山の街道・山陽新聞社
26. 岡山の絵画・脇田秀太郎・巌津政右衛門
(27.) 水島臨海工業地帯・平方与平
28. 岡山の旅・岡山県観光連盟
29. 蒜山高原・二若・富国・徳山
30. 岡山の歌謡・英玲二
(31.) 岡山の遺跡めぐり・間壁忠彦・葭子
32. 備前焼・小山冨士夫・藤原雄・中村昭夫
33. 岡山文学風土記・大岩徳二
34. 美作路・小山健三
35. 岡山の俳句・塩尻青笳・島津青沙
36. 岡山音楽夜話・保田太郎
37. 閑谷学校・巌津政右衛門・坂本一夫
38. 岡山の川柳・弓削川柳社
39. 岡山の民話・岡山民話の会
(40.) 岡山の刀剣・小林種次
41. 岡山の短歌・杉鮫太郎・藤原幾太郎
42. 岡山の医学・中山沃
43. 岡山の藺草・鈴木尚夫・中村昭夫
(44.) 岡山の人物・黒崎秀明
45. 岡山の駅・難波数丸
46. 岡山の現代詩・坂本明子
47. 岡山の交通・藤沢晋
48. 岡山の教育・秋山和夫
(49.) 備中神楽・山根堅一・坂本一夫
50. 岡山の民具・鶴藤鹿忠
(51.) 岡山の宗教・長光徳和
52. 吉備津神社・藤井駿・坂本一夫
53. 岡山の貨幣・原三正
(54.) 岡山の古戦場・多和和彦
55. 岡山の石造美術・巌津政右衛門
56. 岡山の方言・十河直樹
57. 岡山の歴史・柴田一
58. 岡山事物起源・吉岡三平
(59.) 高梁川・宗田克巳
(60.) 岡山の干拓・吉岡三平・進昌三
61. 岡山の電信電話・萩野秀
62. 吉備高原・宗田克巳
63. 岡山のおもちゃ・吉永義光
64. 吉井川・宗田克巳
65. 岡山の港・巌津政右衛門
66. 岡山の絵馬と扁額・脇田秀太郎
(67.) 旭川・宗田克巳
68. 岡山の温泉・石井猛・圓堂稔
69. 岡山の県政史・蓬郷巌
70. 岡山の道しるべ・巌津政右衛門
71. 岡山の笑い話・稲田浩二・和子
72. 美作の歌舞伎芝居・二宮朔山
(73.) 岡山の民間信仰・三浦秀宥
(74.) 岡山の奇人変人・蓬郷巌
75. 岡山の食習俗・鶴藤鹿忠
76. 岡山の明治洋風建築・中力昭
77. 山陽路の地理散歩・宗田克巳
78. 岡山の風俗・蓬郷巌
79. 岡山の海藻・大森長朗
(80.) 岡山の書・佐藤英夫
81. 岡山浮世噺・岡長平
82. 岡山の神社仏閣・市川俊介
83. 中国山地・三浦秀宥・竹内平吉郎
84. 岡山の島・巌津政右衛門
85. 岡山の山と峠・宗田克巳
86. 吉備の石ぶみ・井上雄風
(87.) 岡山の怪談・佐藤米司
88. 岡山の自然公園・山陽カメラクラブ
89. 岡山の漁業・西川太
90. 岡山の天文気象・石田五郎・佐橋謙
91. 岡山の郵便・萩野秀
(92.) 岡山の鉱物・沼野忠之
93. 岡山のふるさと村・巌津政右衛門
94. 岡山の経済散歩・吉永義光
95. 岡山の庭・山本利幸・前田勝也
96. 岡山の匠・浅原健
97. 岡山の童うたと遊び・立石憲利
98. 岡山の衣服・福尾美夜
99. 岡山の民俗・土井卓治・佐藤米司・鶴藤鹿忠
(100.) 岡山の樹木・西原礼之助・古屋野寛

101. 岡山と朝鮮・西川　宏
102. 岡山の和紙・臼井英治
103. 岡山の艶笑譚・立石憲利
104. 岡山の文学アルバム・山本遺太郎
105. 岡山の映画・松田完一
106. 岡山の石仏・巌津政右衛門
107. 岡山の橋・宗田克巳
108. 岡山のエスペラント・岡　一太
109. 岡山の狂歌・蓬郷　巌
110. 百間川・岡山の自然を守る会
111. 夢二のふるさと・真田芳夫・葛原茂樹
112. 岡山の梵鐘・川端定三郎
113. 岡山の演劇・山本遺太郎
114. 岡山話の散歩・岡　長平
115. 岡山地名考・宗田克巳
116. 岡山の戦災・野村増一
117. 岡山の町人・片山新助
118. 岡山の会陽・三浦　叶
119. 岡山の石・宗田克巳
120. 岡山の滝と渓谷・川端定三郎
121. 岡山の味風土記・岡　長平
122. 目でみる岡山の明治・巌津政右衛門
123. 岡山の散歩道 東西・佐藤米司
124. 目でみる岡山の大正・蓬郷　巌
125. 児島湾・同前峰雄
126. 岡山の庶民夜話・佐上静夫
127. 岡山の修験道の祭・川端定三郎
128. 目でみる岡山の昭和Ⅰ・蓬郷　巌
129. 岡山のふるさと雑話・佐上静夫
130. 岡山のことわざ・佐藤・次田・竹内・福尾
131. 目でみる岡山の昭和Ⅱ・蓬郷　巌
132. 瀬戸大橋・ＯＨＫ編
133. 岡山の路上観察・香川・河原
134. 岡山の相撲・二宮朔山
135. 岡山の古文献・中野美智子
136. 岡山の門・小出公大
137. 岡山の内田百閒・岡　将男
138. 岡山の彫像・蓬郷　巌
139. 岡山の名水・川端定三郎
140. 両備バス沿線・両備バス広報室
141. 岡山の明治の雑誌・片山・来田・菱川
142. 岡山の災害・蓬郷　巌
143. 岡山の看板・河原　馨
144. 由加山・原　三正
145. 岡山の祭祀遺跡・八木敏乗
146. 岡山の表町・岡山を語る会
147. 逸見東洋の世界・臼井洋輔
148. 岡山ぶらり散策・河原　馨
149. 岡山名勝負物語・久保三千雄
150. 坪田譲治の世界・善太と三平の会
151. 備前の霊場めぐり・川端定三郎
152. 藤戸・原　三正
153. 矢掛の本陣と脇本陣・武・中山・岡田・池田・柴口
154. 岡山の図書館・黒崎義博
155. 岡山の戦国時代・松本幸子
156. 岡山の資料館・河原　馨
157. カブトガニ・惣路紀通
158. 正阿弥勝義の世界・臼井洋輔
159. 木山捷平の世界・定金恒次
160. 岡山の備前ばらずし・窪田清一
161. 良寛さんと玉島・森脇正之
162. 備中の霊場めぐり・川端定三郎
163. 岡山の多層塔・小出公大
164. 六高ものがたり・小林宏行
165. 下電バス沿線・下電編集室
166. 岡山の博物館めぐり・川端定三郎
167. 岡山の民間療法(上)・鶴藤鹿忠・竹内平吉郎
168. 吉備高原都市・小出公大
169. 玉島風土記・森脇正之
170. 洋学者箕作阮甫とその一族・木村岩治
171. 夢二郷土美術館・松田　基・楢原雄一
172. 岡山のダム・川端定三郎
173. 岡山の森林公園・河原　馨
174. 宇田川家のひとびと・水田楽男
175. 岡山の民間療法(下)・鶴藤鹿忠・竹内平吉郎
176. 岡山の温泉めぐり・川端定三郎
177. 阪谷朗廬の世界・山下五樹
178. 目玉の松ちゃん・尾上松之助・中村房吉
179. 吉備ものがたり(上)・市川俊介
180. 中鉄バス沿線・中鉄バス㈱企画部
181. 飛翔と回帰―国吉康雄の西洋と東洋・小澤善雄
182. 岡山の智頭線・河原　馨
183. 出雲街道・片山　薫
184. 備中高松城の水攻め・市川俊介
185. 美作の霊場めぐり・川端定三郎
186. 吉備ものがたり(下)・市川俊介
187. 津山の散策にし ひがし・黒田　晋・竹内平吉郎
188. 倉敷福山と安養寺・前川　満
189. 鷲羽山・山本慶一・西田正憲
190. 和気清麻呂・仙田　実
191. 岡山たべもの歳時記・鶴藤鹿忠
192. 岡山の源平合戦談・市川俊介
193. 岡山の氏神様・二宮朔山
194. 岡山の乗り物・蓬郷　巌
195. 岡山・備前地域の寺・川端定三郎
196. 岡山ハイカラ建築の旅・河原　馨
197. 牛《うし》窓《まど》を歩く・前川　満
198. 岡山のレジャー地・倉敷ぶんか倶楽部
199. 斉藤真一の世界・斉藤裕重・イシイ省三
200. 巧匠 平櫛田中・原田純彦

201. 総社の散策・神野力・葛原克人・加藤信二
202. 岡山の路面電車・楢原雄一
203. 岡山ふだんの食事・鶴藤鹿忠
204. 岡山のふるさと市・倉敷ぶんか倶楽部
205. 岡山の流れ橋・渡邉隆男
206. 岡山の河川拓本散策・坂本亜紀児
207. 備前を歩く・前川満
208. 岡山言葉の地図・今石元久
209. 岡山の和菓子・太郎良裕子
210. 吉備真備の世界・中山薫
211. 柵原散策・片山薫
212. 岡山の岩石・野瀬重人・沼野忠之
213. 岡山の能・狂言・金関猛
214. 岡山の鏝絵・赤松壽郎
215. 山田方谷の世界・朝森要
216. 岡山おもしろウオッチング・おかやま路上観察学会
217. 岡山の通過儀礼・鶴藤鹿忠
218. 日生を歩く・前川満
219. 備北・美作地域の寺・川端定三郎
220. 岡山の親柱と高欄・渡邉隆男
221. 西東三鬼の世界・小見山輝
222. 岡山の花粉症・三好・難波・岡野・山本
223. 操山を歩く・谷淵陽一
224. おかやま山陽道の拓本散策・坂本亜紀児
225. 霊山熊山・仙田実
226. 岡山の正月儀礼・鶴藤鹿忠
227. 原子物理学の父 仁科芳雄・井上泉・イシイ省三
228. 赤松月船の世界・定金恒次
229. 邑久を歩く・前川満
230. 岡山の宝箱・臼井洋輔・臼井隆子
231. 平賀元義を歩く・渡部秀人・竹内佑宜
232. 岡山の中学校運動場・奥田澄二
233. おかやまの桃太郎・市川俊介
234. 岡山のイコン・植田心壮
235. 神島八十八ヶ所・坂本亜紀児
236. 倉敷ぶらり散策・倉敷ぶんか倶楽部
237. 作州津山 維新事情・竹内佑宜
238. 坂田一男と素描・妹尾克己・イシイ省三
239. 岡山の作物文化誌・臼井英治
240. 児島八十八ヶ所霊場巡り・倉敷ぶんか倶楽部
241. 岡山の花ごよみ・前川満
242. 英語の達人・本田増次郎・小原孝
243. 城下町勝山ぶらり散策・橋本惣司・倉敷ぶんか倶楽部
244. 高梁の散策・朝森要
245. 薄田泣菫の世界・黒田えみ
246. 岡山の動物昔話・立石憲利・江草昭治
247. 岡山の木造校舎・河原馨
248. 玉島界隈ぶらり散策・小野敏也・倉敷ぶんか倶楽部
249. 岡山の石橋・北脇義友
250. 哲西の先覚者・加藤章三
251. 作州画人伝・竹内佑宜
252. 笠岡諸島ぶらり散策・NPO法人かさおか島づくり海社
253. 磯崎眠亀と錦莞莚・吉原睦
254. 岡山の考現学・おかやま路上観察学会
255. 「備中吹屋」を歩く・前川満
256. 上道郡沖新田・安倉清博
257. 続・岡山の作物文化誌・臼井英治
258. 土光敏夫の世界・猪木正実
259. 吉備のたたら・岡山地名研究会
260. いろはで綴るボクの子供事典・赤枝郁郎
261. 民話の里 鏡野町伝説紀行・立石憲利・片田知宏
262. 笠岡界隈ぶらり散策・ぶらり笠岡友の会
263. つやま自然のふしぎ館・森本信一
264. 岡山の山野草と野生ラン・小林克己
265. 文化探検 岡山の甲冑・臼井洋輔
266. ママカリ ヒラに まったりサーラ・窪田清一
267. 岡山の駅舎・河原馨
268. 守分 十の世界・猪木正実
269. 備中売薬・土岐隆信・木下浩
270. 倉敷市立美術館・倉敷市立美術館
271. 津田永忠の新田開発の心・柴田一
272. 岡山ぶらりスケッチ紀行・南一平・網本善光
273. 倉敷美観地区 歴史と民俗・吉原睦
274. 森田思軒の世界・倉敷ぶんか倶楽部
275. 三木行治の世界・猪木正実
276. 岡山路面電車各駅街歩き・倉敷ぶんか倶楽部
277. 赤磐きらり散策・高畑富子
278. 岡山民俗館 民具一〇〇選・岡山民俗学会
279. 笠岡市立竹喬美術館・笠岡市立竹喬美術館
280. 岡山の夏目金之助(漱石)・横山俊之・熊代正英
281. 吉備の中山を歩く・熊代哲士・熊代建治
282. 備前刀 日本刀の王者・佐藤寛介・植野哲也
283. 繊維王国おかやま今昔・猪木正実
284. 温羅伝説・中山薫
285. 現代の歌聖 清水比庵・笠岡市立竹喬美術館
286. 鴨方往来拓本散策・坂本亜紀児
287. 玉島旧柚木家ゆかりの人々・倉敷ぶんか倶楽部
288. カバヤ児童文庫の世界・岡長平
289. 野﨑邸と野﨑武左衛門・猪木正実
290. 岡山の妖怪事典・木下浩
291. 松村緑の世界・黒田えみ
292. 吉備線各駅ぶらり散策・倉敷ぶんか倶楽部
293. 「郷原漆器」復興の歩み・高山雅之
294. 作家たちの心のふるさと・加藤章三